徳間文庫

カブ探

新美健

徳間書店

目 次

第一速（ファースト・ギア）

1

『手の内に入るものを作れ』

本田技研工業の創業者、故・本田宗一郎《ほんだそういちろう》の言葉である。

だから――。

人は手のひらに摑《つか》んだものだけで満ち足りるべきなのだろう。

南原圭吾《なんばらけいご》は、そう思うのだ。

誰でも一度に受け入れられる幸福の量には限度があるらしい。高級な酒のように、毎晩ちびちび舐《な》めるわけにはいかず、タッパーで小分けにして冷蔵庫にしまい込んだところで、食べ尽《つ》くす前に賞味期限がきてしまう。

幸せとは、それだ。

そういうものだ。

四十一年も生きれば、それなりにわかってくることだ。自分の器より大きなものを摑んだところで、指の隙間からサラサラこぼれ落ちてしまうものだ。

さしあたって――。

いまは茹《ゆ》で卵のことである。

「――お父さん――」

梨奈《りな》に呼ばれた。

この春から大学に通っているひとり娘だ。

母親のいない父子家庭で、朝食は一日交代で作ると決めていた。

今朝は、父の圭吾《けいさ》が当番だ。

とはいえ、昨日のカレーを温め直しただけである。飯は炊《た》いていない。炭水化物がほしければ、食パンに挟めばよい。

そして、この茹で卵だ。

何分茹でたのか、まず憶《おぼ》えていない。

圭吾は寝起きが悪く、眠気に抗《あらが》いながら台所に立っていた。固茹でか半熟か、殻を剝《む》いてみなければわからなかった。

「お父さん」

娘の声は尖《とが》っていた。

「梨奈、カレーは食わんのか？」

圭吾は眉をひそめた。

梨奈は、不機嫌そうにアルミパックをすすっている。『おにぎり一個分の栄養を素早く補給』が謳《うた》い文句のゼリー食だ。

「朝からカレー臭《くさ》い女になりたくない」

ごもっともだ。

母親に似ている。ずいぶん似てきた。美人とはいえないが、整いすぎていないというだけで、充分に可愛《かわい》いと父は思う。

化粧っ気がなく、さっぱりとした顔立ちだ。

髪は短く、ボーイッシュである。

頭の出来は、ほどほどだ。それでいい。頭がよすぎると、余計なことで悩み、観念で人生をこじらせ、現実から足を踏み外すことになる。

胸は控《ひか》えめだ。

母を恨《うら》んではいけない。父を恨んでもいけない。常々、そう言い聞かせて育てた。そのたび、父は睨《にら》まれる。ちょっと怖《こわ》い。が、澄んで真っすぐな眼《め》で睨まれるのは嫌いではなかった。

背は高からず、低からずだ。

細身で、尻が、やや大きい。

昔から、女の子らしいものが苦手な娘だ。動きやすい服を好み、カーキ色のミリタリーパンツを軽快にはきこなしていた。

「お父さん」

三度目だ。

今朝の梨奈は、不機嫌なようであった。

「ん？　なんだ？」

「なんで、あのカブを捨てたの？」

ホンダ・スーパーカブのことだ。

明け方に耳をすませば、新聞配達の原付バイクが走りまわるバタバタした排気音を聞くことがあるはずだ。

トトトという耳に心地いいアイドリング音も馴染《なじ》み深い。

頑強さと低燃費で働く人々に愛され、そば屋などのデリバリー業務をはじめ、郵便局や銀行、警察まで幅広く活躍してきたお仕事バイクだ。

「……そうか。気付いてしまったか」

昨夜、圭吾もバイク屋から受けとったばかりだ。隠すつもりはなかったが、梨奈は共用駐輪場で見たのだろう。

「ほら、このあいだコンビニの駐車場で当て逃げされただろ？　フレームが歪《ゆが》んで、エンジンもかからなくなったって」

よほど急いでいたのか、犯人の車は赤信号で止まらずに駐車場の中をショートカットし、圭吾のカブをスクラップにして逃げ去ったのだ。

警察が現場を検証し、コンビニの監視カメラも調べたが、事故の瞬間は映っていたもののカメラの角度が悪くナンバーまではわからなかったという。

「壊れたなら、修理すればいいじゃん」

「直そうと思えば直る」

カブなのだ。

平成三十年に誕生六十周年を迎え、生産台数では一億台を突破したという。新品だろうが中古だろうがパーツはいくらでもある。

「でもな、あのカブが造られたのは二十五年も昔だ。前世紀だぞ？　おまえより年上だ。全体的にガタがきてるから、どこまで手を入れればいいのかわからん。同じ型を探して買ったほうが安上がりだぞ。カブだからな。そこで、思いきって、新しいのに乗り換えることにしたんだ」

「新しいって、ひとつ前の型遅れじゃない」

梨奈は納得しない構えだ。

「……うん、そうなんだ。でもな、新古でいいのを見つけたんだ。四年落ちだが、走行距離はたった二〇〇〇キロだぞ？」

圭吾が買ったのは、スーパーカブ110だった。

型式は〈ＥＢＪ－ＪＡ10〉。

色はパールバリュアブルブルー。紺色だ。

円が高騰していた時機に生産拠点を中国に移していたときのモデルで、口の悪い連中は〈中華カブ〉と揶揄《やゆ》している。

ちなみに、最新型スーパーカブは日本生産に復帰を果たした。丸目ライトも明るいＬＥＤ仕様で復活だ。

「だって、なんかスクーターみたいじゃない」

「そうか？　グローバルデザインだぞ」

「だって、つまんない」

「洗練とはそういうものだ」

国内では評判が芳《かんば》しくないが、ＪＡ10はシャープなラインでまとめられ、ライトも角張っていた。丸目ライトは海外で古臭いとされ、ユーザーの所有欲をそそらなくなっているからだ。

「スクーターに近くなって、なにが悪い？　カブも機械だ。性能的にも経済的にも新しいほうがいいに決まってる。エンジンは静かで、振動も少なくて走りやすい。前に乗ってたカブ90に比べて、20ｃｃの排気量アップだ」

圭吾は力説した。

「ギアも三速から四速に増えた。機械式のキャブレターなんて使ってない。電子式インジェクターで賢く燃料を制御してる。冬でも一発で始動だぞ？　どうだ？　セルフスターター付きで、キックペダルを踏まなくたってエンジンがかかるんだぞ！」

スーパーカブは、六十年も進化をつづけてきたのだ。

「うざ……」

娘は嫌な顔をした。

そんな顔芸もできるようになったか、と父の胸は弾む。溺愛《できあい》している娘だけに、それさえも可愛かった。

「もしかして、新型のカブならよかったのか？　カブとはいえ、いろいろコストがかかって値段も上がってるしなあ」

「でも、前のカブのほうがライトが丸くて可愛かったじゃん。角目のヘッドライトなんて、かっこ悪いしさあ」

「う……まあ、な」

弱いところを突かれてしまった。

「ん？　いや、そうじゃないな。うん、いいか？　角目のライトといえば、カブ伝統の上級グレードだという証《あかし》だ。セルフスターターだって、角目カブにしかついてなかったんだ」

梨奈は、小さな吐息を漏らした。

「あのね、そういうことじゃないの」

わかってる。

父にもわかってはいるのだ。

朝からカブ談義で盛り上がる家庭など尋常ではない。バイクに興味がなければわからんだろうとは思うのだ。

ようするに――。

「お父さん、あれはお母さんのカブなんだよ」

だから、自分に相談もなく買い替えたことが娘には許せないのだろう。

「う、うむ……」

圭吾は、ずっと手に持っていた茹で卵をテーブルの角にぶつけた。ぐしゃり、と予想を上回る脆《もろ》さで潰《つぶ》れた。

半熟であった。

梨奈は、父に鋭い眼差《まなざ》しをむけた。なにか言いかけ、諦《あきら》めたようだ。乱暴に立ち上がって宣言した。

「じゃ、もう大学にいくから」

「ああ、待て！　いっしょに出よう！　お父さんと！」

圭吾は、大慌てで殻を砕《くだ》きつつ半熟卵をすすると、スーツの上着を引っつかんで娘のあとを追いかけた。

梨奈の足は速い。

高校時代はサッカー部のレギュラーであっただけはある。

玄関を出て、すでに階段へと消えている。小気味よい足音からして、もう半《なか》ばほど降りているようだ。

住宅団地の四階である。

半世紀近くも昔の物件だ。エレベーターなどはなく、おかげで驚くほど安く住居を確保することができた。

圭吾も駆け降りた。

二段飛ばしどころか、三段、四段、五段と跳ぶがごとく一気に降りていったが、駐輪場で娘のクロスカブは消えていた。

クロスカブとは、スーパーカブの派生モデルだ。フレームとエンジンは現行カブと共用だが、不整地の走行に適したトレイル仕様である。

「……家族会議は帰ってからだな」

しかたがない。

カブ110にまたがって、圭吾も仕事先へむかうことにした。

2

キーを差し込み、ひねる。

メーターまわりのランプが点灯し、燃料電子制御の警告ランプが消えたことを確認してからセルフスターターを押す。

きゅっ、とぅるんっ、とエンジンは始動した。

素敵だ。簡単にかかった。

何度やっても、あたりまえのことに感動する。古いバイクから乗り換え、二十年分の技術進化に対する胸の昂揚《こうよう》であった。

機械式のキャブレターを廃し、賢い電子制御のインジェクションを採用したおかげで、季節を問わず快適に始動できるのだ。

アイドリングさせながら、荷台に固定したビジネスボックスから半帽子ヘルメットを出して頭にかぶる。

とっとっとっとっ。

単気筒エンジンのリズミカルな振動で、老舗《しにせ》メーカー〈旭風防〉製のウインドシールドが震えている。

硬質塩化ビニール樹脂の軽い風防で、速度を極端に落とさなければ、多少の雨で身体《からだ》が濡れることはない。ダイレクトな風も避《よ》けられる。もはや雨や風とお友達だと強がれる歳《とし》ではないのだ。

ファッションより実用性を優先した装備だ。フロントには純正キャリアをつけ、買い物カゴも装着していた。

まさに働く男のカブであった。

圭吾は灰色スーツに幅広のネクタイを締め、ゴーグル代わりの黒縁メガネをかけている。どこから見ても、平凡な会社員であろう。

シーソー式のペダルを爪先《つまさき》で踏み込み、かち、と一速に入れる。

カブにクラッチレバーはない。

が、シフトペダルは存在している。

これぞホンダ独自の自動遠心クラッチであった。

『そば屋の小僧が片手で運転しやすいように』

という配慮の名残《なごり》で、クラッチレバーがなければ、空いた左手でデリバリーの岡持《おかもち》を保持できるからだ。昔のカブはウィンカースイッチもアクセルレバーと同じハンドルの右側についていた。

ちなみに、スーパーカブ発売当初のキャッチコピーは、『ソバも元気だ　おっかさん』であったという。

カブ１１０を駐輪場から発進させた。

エンジンの振動は少なく、スクーター並みに静かである。ペダルを踏んで二速に入れる。通常のバイクとはシフトチェンジの方向が逆だ。爪先で踏み込めばシフトアップで、シフトダウンは踵《かかと》で後ろのペダルを踏む。

団地の敷地から道路に出た。

この住宅団地は、前世紀七〇年代の物件だという。

時代は高度経済成長期――。

圭吾が生まれる前のことだ。

自動車メーカーの企業城下町として発展し、増加する労働人口を収容するため、郊外の山を切り開いて巨大な団地を造成したのだ。

最盛期には一万二千人余りが入居していたらしいが、現在は海外からの出稼《でかせ》ぎ工が居住者の半分を占めている。

山を切り開いただけにアップダウンがある。ゆるやかに曲がる坂道を上り、団地の外縁を舐めるようにして走った。

ギアを三速に踏み入れる。110ccのエンジンは、このくらいの勾配《こうばい》ならするすると登っていった。

登り切ったところで、かち、と四速へ。

下りが終わると信号だ。青だった。交差点を駆け抜けた。低い山を真っ二つに切り裂き、市街地へむかう道が真っ直ぐに伸びている。

道幅はひろく、ゆったりと走りやすい。団地の住人が車で通勤しやすいように造られた道なのだ。

アクセルを開けた。

スピードが乗って、たちまち法定速度へ達する。

思わず笑みがこぼれた。

カブを買い替えるにあたって、原付一種の50ｃｃで充分かと思ったが、原付二種の１１０ｃｃを選んで正解であった。

原付一種では、三〇キロ制限や二段階右折が面倒だ。現実的な運用はともあれ、大人になると心理的なプレッシャーは大きくなる。

春の風が心地いい。

バイク日和《びより》だ。

見通しがひらけると田畑が左右にひろがり、長閑《のどか》なツーリング気分に浸れる。

川沿いの道ではゆるやかに曲がるカーブを楽しめる。アップダウンもたいしたものではなく、ごく平凡な地方の風景である。

圭吾の生まれ育った土地だ。

一級河川が滔々《とうとう》と縦断し、四方を山に囲まれた盆地である。

県庁所在地ではないが、県内二位の人口を誇り、平成の大合併で三倍の面積に膨《ふく》れ上がった県内一の中核都市であった。

盆地だけに、夏は蒸し暑い。

雪は少ないが、冬に底冷えする。

郷土の歴史を斜《なな》め読みしてみれば、戦国時代の武将は、この地を通り、あるいは無視した。四方の各勢力に繋《つな》がる要衝《ようしょう》であったが、ただ領土を確保し、ただ通り抜けていくだけである。

鉄道はローカル線にすぎず、大企業が通勤のために造った環状鉄道も広大な市内を南北に貫《つらぬ》いているだけであった。

もちろん新幹線など通っていない。

どこへいくにしても、どこからくるにしても、鉄道では微妙に不便であった。

その代わり、高速道路が何本も通っている。車での往来は便利だ。どのみち、地方暮らしでは車がなければ生活できない。

海外からの出稼ぎ労働者が集まる工業都市といえば、社会の後ろ暗い要素を煮詰めたようなものを想像するかもしれないが、ただ平凡な日常があり、たいていは退屈なだけである。

人が生活しているのだ。

あたりまえのように。

蔑《さげす》むものではなく、気高く誇るほどでもなかった。

『手の内に入るものを作れ』

充分だ。すべて入っている。

大きな幸せは手のひらからこぼれるが、そんなのはいらなかった。

娘がいて、カブがある。

それだけでよかった。

原付二種では高速道路に乗れないが――。

道はどこにだって通じているのだ。

3

生活のために仕事をしなければならなかった。

南原圭吾は、私立探偵である。

自営業だ。

古いTVドラマのようにかっこいいものではなく、学生時代にバイトで経験し、そのまま仕事にしただけのことである。

実体は便利屋だ。

依頼があれば、なんでもこなす。迷子のペットを捜《さが》し、ラブホテルの清掃もやり、引っ越しの力作業も厭《いと》わない。

肉体派なのだ。

ただし、浮気調査だけは引き受けない。ときに後味が悪く、たまに刃傷沙汰《にんじょうざた》になることもあるからだ。

男なら殴《なぐ》ればいい。

が、刃物を持った女は怖い。とても怖い。その手の調査は、地方都市にも支社がある大手興信所に任せたいものだ。

市街地にはいった。

メインストリートは、たった数百メートルだ。地方都市の例に漏れず、昔ながらの商店街も寂《さび》れていたが、再開発がすすんで高齢者用マンションや映画館などのアミューズメント施設が増えて賑《にぎ》やかになっている。

裏通りをゆったりと走り、古いビルの脇《わき》にカブを停《と》めた。階段で二階に上り、薄いスチール戸を蹴《け》り開けた。

「ゴロツキよ、おはようさん」

朝の挨拶《あいさつ》をぶん投げた。

「うん、おはようさん。ゴロツキなんて、また古風だね」

依頼主が柔和に挨拶を返してきた。

巨大な尻を黒革のソファにめり込ませ、芋虫のような指で可愛らしくコーヒーカップを摘《つま》んでいる。体重は一〇〇キロを超えているはずだ。白シャツが肉では ち切れそうな肥満の巨漢だった。

顔も大きく、福々《ふくぶく》しいほどに丸い。細い眼が豊かな頬肉に押し上げられ、ほとんど肉の亀裂にしか見えない。耳たぶが異様に長く、高校球児のような坊主頭だ。大仏と綽名《あだな》されるために生まれてきたような男なのだ。

荒俣雄二《あらまたゆうじ》。

圭吾の昔馴染みであった。

「朝っぱらから、カタギをメールで呼び出すなよな」

資本の乏《とぼ》しい探偵に事務所を構える金などなく、地元民の強みを活《い》かした旧知の繋がりと口コミとスマホで仕事をとっているのだ。広い意味でのノマドワーカーといえなくもない。

「メッセは昨夜に送ったよ」

「ヤクザがメッセとか気取るな」

「うん、便利な時代になったよね」

舌足らずで子供っぽいが、表情はほとんど動くことがない。そのギャップに気味の悪さがあり、一種の威圧感を生じさせていた。

根は悪い奴ではない――などとはいえない。

地元ヤクザの若頭なのだ。

構成員を数えれば、両手の指で足りるほど小さな組だ。

事務所には神棚があり、壁には提灯《ちょうちん》がずらりと並べられている。縁日で売っているアニメキャラのプラ面や駄菓子の在庫が壁際に積み上げられ、商店街の寄り合い所に見えなくもなかった。

50インチの液晶テレビやパソコンはあるのに、事務机には黒電話が立ち退《の》きを拒否する頑固親父《がんこおやじ》のように居座っていた。

今朝は組員が出払って、留守番は荒俣だけであるらしい。

「で、なんの仕事だ？　出し子だったら断るぞ」

「うん、オレオレ詐欺《さぎ》なんてやってないよ」

「取り立て代行もやらねえぞ」

「とっくに金貸しはやめたよ。しくじってオヤジが捕まったからね。帰ってくるまで、ちゃんと組は残しておかないと」

荒俣はソファに埋もれて動く気配もない。しかたなく、圭吾は事務机に置かれたポットから勝手にコーヒーを注いだ。

「外国人労働者の違法斡旋《あっせん》も手伝わねえぞ」

「うん、警察に摘発されるようなことはしないよ」

「んじゃ、どうやってしのいでんだよ」

かえって心配になってくる。

「うちの組はさ、ほら、昔ながらのテキ屋だったからね。だからさ、まあ、いろいろとキツいんだよ」

ヤクザは表立って悪さなどしない。儲《もう》けそうなところに金を出す。それだけだ。もちろん融資はたっぷり利子をつけて回収する。相手が破産しても、執拗《しつよう》に追い込みをかけ、なんとしてでもふんだくる。

しかし、荒俣の組は古い体質から脱却しきれず、ついに経済ヤクザへのシフトには失敗したようだ。

「で、なんの仕事だ?」

「うん、組の車がね、盗まれたんだ」

「ほう」

圭吾は呆《あき》れた。

ヤクザの車を盗むとは恐ろしいことをする奴もいたものだ。

「なんかね、どこかの盗難グループらしくてね。K町のパチンコ屋でサボってた若いのがさ、遊んでる隙《すき》に駐車場で盗まれたんだ」

「警察にいけ警察に」

だいたい、それで解決するのだ。でなければ素人《しろうと》が動いても同じだ。生活があるだけ素人のほうが不利であった。

「うん、こっちもさ、ほら、これでもヤクザだからね。面子《メンツ》とかあって、警察の世話にはなれないんだ」

「面子の問題か？」

「見つけるだけでいいからさ」

「見つけたあとは？」

「ぼくに連絡してよ。あとはさ、こっちでカタをつけるからさ」

「ふぅん……」

圭吾は考えた。

考えるまでもなかった。生活費を稼がなくてはならず、娘も大学に入ったばかりで、いくら金があっても右から左だ。ヤクザの依頼とはいえ、違法行為でなければ報酬を遠慮することもない。

「見つけるだけか？」

「そうそう」

「わかった。やるよ」

荒俣は盗難車のナンバーを告げた。

盗まれた車は黒のプリウスだという。白のハイエースと並んで、よく犯罪グループに狙《ねら》われる車種の双璧だ。

世界初の量産ハイブリッド車として発売されたプリウスも四代目になったが、盗まれたのは初代であった。まだ組の財政にバブル期の余韻《よいん》が残っていたときに買ったのだろう。

ヤクザとプリウスの組み合わせは珍しくはない。目立たず、一定のステータスがあり、おまけに補助金まで出るのだ。

他の組員が出払っているのは、総出で車の行方《ゆくえ》を追っているからだ。調査のプロではないから、あまり進展はないらしい。

「んじゃ、頼んだよ」

「ああ、すぐにかかる」

圭吾は残りのコーヒーを飲み干した。

「ねえ、まだカブに乗ってるの？」

「おう」

「もうハーレーは乗らないの？」

「とっくにアメリカンなんざ卒業した」

そもそも、乗っていたのは学生時代の話だ。

「ふぅん、女房のカブがそんなによかったのかなあ」

「うるせえよ」

「あの古いカブさ、壊れてひどい状態だったね」

圭吾は、荒俣を睨みつけた。

「なんで知ってんだ？」

「うん、当て逃げされたのって、市民体育館の裏手だよね。コンビニの駐車場」

「あ？　ああ……」

「どうもさ、うちの車を盗んだ奴らがぶつけていったみたいなんだ」

「それをはやくいえ」

「うん、ごめんね」

ただでさえ細い眼をくしゃりと潰し、荒俣は凶猛な笑顔を作った。

4

憤怒《ふんぬ》の添加剤が、圭吾の労働意欲をかきたてた。

――当て逃げ犯、許すまじ。

元は女房の嫁入り道具だが、大事に手入れをして長年家族のように連れ添ってきたカブを壊されたのだ。犯人を見つけたならば、一発や二発は殴らなければ気がおさまらない。

組員の報告によれば、窃盗犯は市民体育館の裏手を通って大橋を渡り、川のむこうへ逃げ去ったらしい。

そこから先がわからない。

単独犯ではないはずだ。県外から流れてきた窃盗グループかもしれない。となれば、盗難車がそろったところで、海外へ運び出すのだろう。どこかに集積所を持っているはずだ。

最近の手口では、輸入車を装って登録し直されるのだという。

車には一台ごとに識別番号がある。盗難車は、すでに海外へ輸出されて日本では登録のない車の番号に付け替えられるのだ。

国土交通省の検査を通って車検証が発行されれば、〈盗難車〉は〈普通の車〉に生まれ変わることになる。

盗難車ロンダリングだ。

もちろん、不正登録の横行を国交省が黙認するはずはなく、再輸入車の登録申請はすべて税関で確認すべしと通達されているらしいが……。

圭吾は大橋を渡った。

直進すれば、市の大半を占める山間部に入っていく。が、そちらに犯人がむかったとは思わない。逃走ルートが割れやすくなるからだ。乗り捨てるならともかく、多くの台数を隠すとなれば、地元に精通していなければならないからだ。

県外の窃盗グループだと仮定した。

盗難車に輸出許可を出す国はない。スクラップ扱《あつか》いで船に乗せるのだ。

――なら、集積所は港の近くか？

もう市外へ逃げたのか？

おそらく、まだ出ていまい。

勘《かん》にすぎないが、海へむかうには隣の大きな街を通らなくてはならず、港の近くでは警察の監視もきついはずだ。

――とにかく、市内のどこかだ。

次の交差点で右折した。

中央公園に建てられたスタジアムの脇をかすめて走り、ふたたび橋を渡る手前で左折して川沿いに南下した。

あてもなく走っているわけではない。

道々に点在しているコンビニを一軒ずつまわるつもりだ。黒いプリウスを見かけたか、などと間抜けなことは訊《き》かない。ありふれた車種だし、店員も客の車など見ていない。そもそも盗難車でコンビニに寄るバカもいないだろう。

防犯カメラが目的だ。

警察でもない民間人に店側も記録映像は見せない。だが、コンビニの店長には何人か知り合いがいる。昔馴染みだ。恥ずかしい過去の数々は知っている。こんなときのために日頃から貸しも作っていた。

――人生、持ちつ持たれつだ。

通勤時間帯には混雑する道も、いまは空《す》いていて気分がよかった。

右手に川の水面がきらめき、左手には木々の緑だ。

スーパーカブは、ゆったり流しても楽しいものだ。単気筒の振動を心地よく感じながら、どこまでも道がつづくかぎり走っていきたくなる。他のバイクでは味わえないカブ独特のフィールであった。

「ザ・パワー・オブ・ドリームズ！」

ホンダのキャッチコピーを叫んでみたりした。

古いカブはスピードを上げれば振動も増大していくが、このエンジンはどこまでも滑《なめ》らかだ。

娘よ、これが進歩というものだ。

滑らかすぎて、どこまで回転しているのかわからなくなる。三速から四速にシフトアップするつもりが、すでに四速であったりする。これをカブのオーナーは〈幻の五速を探す〉と自嘲《じちょう》する。

新しい玩具《おもちゃ》を手にして、父は熱くはしゃぎ、娘は冷淡を極めている。

この温度差――。

ジェネレーションのギャップというものなのか。だがしかし、今も昔もカブはカブではないか……。

帰ったら、娘と新しいカブについて話すつもりであった。

カブ110に乗り換えた理由は、カブ90が壊れたこともあるが、じつは娘のクロスカブに追走したかったからだ。

――古いカブじゃあ追いつけないからなあ。

男手ひとつで育て上げ、いつか嫁にいくまでは、たとえ路上でも娘に置いていかれたくないという父の意地である。

「……っ！」

圭吾の前に、黒い車が乱暴に飛び出してきた。

ラブホテルの駐車場から出てきたのだ。

下り坂で、ややカブもスピードが乗っていたところだ。とっさに急ブレーキをかけた。中国製タイヤはグリップより耐久性重視だ。ずるる、と後輪が滑りながらも減速に成功した。

舌打ちし、安全確認もせずに出てきた車を睨みつけた。

黒のプリウス。

圭吾は首を伸ばし、ナンバープレートを覗《のぞ》き込んだ。

数字がちがう。

もうひとつ舌打ちして、そのままプリウスの後ろについていった。

5

——ばりっとしたベンツを転がしてぇ……。

赤木《あかぎ》智久《ともひさ》は、舌打ちした。

プリウスのハンドルにだらりと指先を引っかけて運転している。帰り道とは反対だが、どこかで川を渡り、それから方向転換をすればよかった。

盗まれた組の車を探していることになっているのだ。

探すといっても、当てもなく動くのはガソリンの無駄だ。真面目《まじめ》にやるだけバカらしく、女を呼び出して適当に時間を潰すことにした。

とはいえ、密会を嗅《か》ぎつかれないように気を遣うのは面倒だ。細かいことは赤木の性分にも合わなかったが、それだけの価値はある女だと腰の気怠《けだる》い充足感が証明している。

女にしろ車にしろ、見栄《みえ》が張れずに、なんのためにヤクザとなったのか。

「ねえ……」

「なんだよ?」

「後ろのあれ、探偵さんね」

助手席の村上薫子《むらかみかおるこ》が、甘くかすれた声でささやいた。

美しくうねる髪はくすんだブロンドで、肌は艶《つや》やかなブラウンだ。染めたり焼いたりしたわけではない。ハーフなのだ。

それなりに年増《としま》のはずだが、彫《ほ》りの深い顔立ちにたるみや衰《おとろ》えはない。盛り上がるべきところは盛り上がり、引き締まるところは引き締まっている。

十歳は若いであろう赤木の欲情を充分に煽《あお》り、どれほど激しく衝動をぶつけても柔軟に応《こた》える見事な肉体を持っていた。

「探偵だと？」

赤木はバックミラーを覗き込んだ。

買い物カゴをつけたスクーターに、スーツ姿の男が不格好にまたがっていた。

「ええ、荒俣がときどき会ってる探偵さんね。さっき、この車のナンバーをじっと見てたけど」

「まさか、おれたちのことが？」

「さあ？」

気のない返事だった。

話をふっておいて、もう興味を失ったらしい。

赤木の股下からは、たちまち情事の余韻が失われた。

薫子は、組長の愛人であったからだ。

——若頭が、薫子の浮気を疑って調査を命じたのか？

大仏フェイスで、口調は舌足らずの幼稚《ようち》さだったが、若頭の荒俣は根っからの喧嘩《けんか》ヤクザだ。

学生時代に地元の組へ殴り込みをかけて半壊させ、いまの親分に拾われてからも暴走族とブラジル人のガキどもが殺気立って睨み合う現場に嬉々《きき》として乱入し、双方の不良を八人ほど病院送りにしたという伝説も聞いていた。

「……脅《おど》してやるか」

赤木は急ブレーキをかけた。

探偵も驚いたようだ。パニックブレーキをかけた。後輪を滑らせ、スクーターは斜めになって停止した。

「おい、いきなり止まるな。危ないだろ。このタイヤはな、耐久性はいいがゴムが硬くて止まりにくいんだよ」

惚《とぼ》けた台詞《せりふ》を吐《は》いた。

赤木は舌打ちした。

車の後ろに衝突するか、パニックブレーキで転倒してくれればよかったのだ。

事故を起こせば誰でも気が弱くなる。あとは脅すなり締め上げるなりして、手軽に口を封じられるはずだった。

しかたなく、車から出た。

そして、わずかに怯《ひる》んだ。

探偵が、思ったよりも大男だったからだ。

背丈は若頭にも負けないだろう。いや、若頭が巨漢すぎるのだ。しかし、肩幅はひろく、体格はがっしりしている。

——待て。

よく見れば、どこにでもいる冴《さ》えない中年男だ。

顔は茫洋《ぼうよう》として細長く、眼は眠たげな二重だ。薄くまばらな髭《ひげ》を生やしている。ただの無精髭《ぶしょうひげ》だ。安物のスーツに間抜けな黒縁メガネだ。コントかと眼を疑うほど、ネクタイが太い。

——ふん、脅《おび》えることたあねえや。

こちらは本職だ。

喧嘩は身体の大きさだけではない。はったりと度胸と腕っぷしと——あとは一瞬の狂気であった。

大男であれば、かえって殴り倒したときに見栄えがする。薫子に強いところを見せられる。かえって都合がいい。

赤木は、悠然と歩み寄った。

中古車屋の前だ。商売気があるとは思えない錆《さび》だらけの車が並んでいる。事務所のプレハブ小屋から、作業着の男が恐る恐るこちらを覗いていたが、赤木が睨みつけると威圧されて首を引っ込めた。

気を良くして、赤木は探偵の恫喝《どうかつ》にかかった。

「おう、なに嗅ぎ回ってんだよ？」

「あ？」

探偵は面倒臭そうに顔をしかめた。

「てめえ、どんな小銭で雇《やと》われたのかしらねえが、こっちは犬に追われるほど安かねえんだよ。せいぜい仕事のふりに精出して、ドンキの駐車場でもぐるぐるまわってろ。おら、そのポンコツに乗って、さっさと消え失《う》せ――」

顔の下半分が爆発したかと思った。

悲鳴を漏らす余裕さえなかった。赤木は吹っ飛んだ。中古車の一台に頭からぶつかった。予告もなく、探偵に殴られたのだ。バカじゃねえか。ふざけてる。問答無用なんて、カタギのやることでは……。

探偵はスクーターで走り去ったようだ。

気の抜ける排気音を聞きながら、赤木は情けなく気を失った。

6

「え？　梨奈ちゃんには話してなかったの？」

バカだねえ、と坂本優香《さかもとゆうか》は大笑いした。

そうなんですよ、と梨奈は素直に同意する。

「バカな父なんです」

「ま、うちで売った中古のカブだけどね」

「うん、だと思った」

ふたりで笑いあった。

梨奈の父親は、優香の高校時代の先輩だ。今日は大学から帰宅する途中で、先輩の娘が県立工業大学の一年生だ。今日は大学から帰宅する途中で、喫茶店〈シングル・カム〉に寄ってくれたのだ。

「あれ、四年落ちなんだけど、いい出物よ。前の持ち主がおじいさんでね、近所しか走ってなかったから、ほぼ新古状態。なんか、おじいさんが車庫入れのときに転んじゃったみたいで、心配した家族にカブを取り上げられたらしいわ」

優香は喫茶店のオーナーだが、裏手で老舗バイク屋の〈坂本モータース〉と繋がっていて、そちらは優香の父親が切り盛りしている。圭吾は学生のころから両方の常連客だった。

「で、調子はどうだって？　バッテリーはサービスで交換しといたけど」

「カブも機械だから新しいほうがいいって力説してましたよ」

梨奈はコーヒーをすすり、パウンドケーキを口に放り込んだ。

「新しいオモチャが手に入って、大喜びで乗り回してるんじゃないかな。仕事のせいにして、しばらく帰ってこないと思います」

「いい歳してガキねえ」

「ガキです」

「どこの仕事やってんの？」

「さあ、知りません」

「でも、昔は面倒臭いが口癖だったのに、働き者になったもんね」

「そんな口癖あったんですか？」

「自分のためだと頭に黴《かび》が生えても働かないかもしれないけど、娘のためには労力を惜《お》しまない男よ、あれ」

「ふうん……」

梨奈は顔をしかめたが、まんざらでもないようだ。

「でも、いろいろ雑すぎます。うちじゃ、よくしゃべるけど、知らない人には無愛想《ぶあいそ》だし。へんな人にからまれて、殴っていいと思ったら、ためらいなく殴るし。本人、それがフツーだと思ってるし」

「んー、不良上がりってわけじゃないんだけどね。ただマイペースなだけで」

「そのマイペースが問題なんです」

「そうね……」

「お父さん、頭がシングルタスクなんです」

「シングルタスク？」

「思考のレイヤーが一枚しかないの」

「……いまの子供は難しい言葉知ってるのねえ」

たぶん、コンピューター関係の用語なのだろう。

優香もパソコンは使うが、店の広報サイトを管理したり、メールソフトや経理ソフトを使うくらいだ。

「んじゃ、頭が単気筒」

「ああ、わかるわかる」

「不器用なの」

不器用とマイペースをこじらせて、個人営業の探偵をやっているのだ。それで、これからも娘を養《やしな》っていけるのか……。

「あ、でも、カブのメンテは意外と器用にやってたみたいね」

「あれ、あたし」

「え？」

優香は眼を丸くした。

「あたしがメンテしてたの」

「あら……」

考えてみれば、梨奈は工業大に受かったばかりなのだ。工業都市だけに、地元での進路としては不思議にも思わなかったが、もともと機械的なものが好きだったのだろう。

「お父さん、ものは大事にしても、メンテはしないの」

「ダメね。整備できない男は」

「ダメなんです」

「機械も人間も、そこは同じなんだけどね」

「だから、たぶんお母さんも……」

梨奈は、残りのコーヒーをすすって言葉も呑《の》み込んだ。

優香は微笑《ほほえ》む。

梨奈の母親は、正直なところ苦手だった。なにを考えているのかわからない女だったからだ。

しかし、その娘は可愛くて気に入っていた。

「ねえ、優香さん、あのカブはどうしたんですか？」

「ん？　当て逃げされたカブのこと？」

「うん」

「うちの店で預《あず》かってるけどね」

「修理できないの？」

「んー、できないこともないけどね。でも、圭吾先輩が鬼みたいに走りまわって何十万キロも酷使《こくし》してきたんだから……」

スーパーカブの耐久力には、数々の伝説がある。

曰《いわ》く、自重の五倍の荷物を積んでも平気で走る。東南アジアでは、二人乗りどころか、五人、六人乗りも当たり前の光景だという。

曰く、ビルの四階から落下させても簡単な整備だけで走る。これはイギリスの有名な自動車番組で面白可笑《おもしろおか》しく紹介されたものだ。

曰く、ある大水害で川に水没したカブを引き揚《あ》げると、何事もなかったかのようにエンジンがかかり、そのまま半年もオイル交換なしで走ったという。

他にも――。

エンジンオイルのかわりに天ぷら油でも走る。

灯油でも走る。

水でも走る。

それどころか、オイルがなくても走る。

伝説は伝説として、根拠がないわけではない。

オイルポンプの吸い口が低く設計されているため、エンジンオイルが少量でも残っていれば一応は走ることができるのだ。

ただし、カブ自体は、あくまでも大量生産の実用バイクにすぎない。

無限に金や手間をかけるものではない。

全体的に金属疲労が進行し、とっくに耐用年数もすぎている。寿命といえば寿命だ。機械としての役目は終えていた。

折れた部分を繋ぎ、潰れたスチール板を叩き直し、ストックのあるパーツはすべて交換して、ひとまず走れる程度に修理はできる。手入れをして、ときどき走るだけならいいが……。

──そうよ。機械だって、いつかは擦《す》り減るんだから。

人の愛だって、いつかは摩耗《まもう》するはずなのだ。

──あたしも、いい加減、物持ちがいいけどさ。

優香は微苦笑を漏らした。

「でもカブですよ。世界中で愛された超ベストセラーですよ」

梨奈は頑《かたく》なに言い張った。

「……あんたら親娘《おやこ》のカブへの信仰心はなんなの？」

優香は呆れた。

「お母さんがいなくなってから、お父さんはカブ90の後ろにあたしを乗せて幼稚園の送り迎えをしてくれたんです。他にも山の公園に連れてってくれたり、いろんな想い出があるから……」

母親が残してくれた唯一のものだ。

それなのに、当て逃げされたくらいのことで、さっさと新しいカブに乗り換えてしまった父に怒っているのだ。

優香の胸に、もやっと苦いものが涌《わ》いた。

南原親娘に対して、少し意地悪な気分になる。

「でも、梨奈は大学に通うためにクロスカブを買ったんでしょ？　だから、圭吾先輩も新しいのがほしくなったんじゃないの？」

「わかってます」

梨奈はテーブルに両肘をつき、子供っぽく唇を尖らせた。

「馬鹿なお父さん……あたしは、いつでもお父さんが離れないスピードで走ってあげるのにね」

「それ、ちゃんと話してあげれば？　喜ぶと思うけど」

「いやです」

素直になれない年頃のようであった。

7

圭吾のカブは川沿いを走っていた。

すでに陽《ひ》が傾《かたむ》きはじめている。

プリウスの捜索を依頼されて三日が経《た》った。

本日も成果はない。コンビニの防犯カメラに目ぼしいものは映っていなかった。というより、店のオーナーには、暇《ひま》なときにチェックしてみるから見つかったら連絡するよ、と体《てい》よく追い払われてしまったのだ。

それから、コンビニからの連絡はない。チェックなどしていないのだろう。退屈な録画映像を凝視して一台の車を探すなど、根気のいる面倒な作業だ。圭吾だって、自分でやりたいとは思わない。

だから、市内の中古車屋をひとつずつまわった。

面倒だが、こちらの作業はなれている。が、手がかりはなかった。それらしい噂《うわさ》すら摑《つか》めなかった。

山道という山道もさんざん走破した。カブはラフロードでも意外と走る。それが楽しくてタイヤを泥まみれにしてしまった。

すべて無駄足《むだあし》であった。

個人営業の探偵に尻尾《しっぽ》を摑まれるくらいなら、捜査のプロである警察がとっくに摘発しているはずだ。なにしろ、むこうは街中の監視カメラも調べ放題だ。ずるいではないか。

圭吾は、当て逃げ犯に一発お見舞したいだけなのだ。腹いせをして、すっきりと翌朝を迎えたいだけであった。

諦《あきら》めるつもりはない。

荒俣から中断の連絡が入らないかぎり、捜査はつづけるつもりだ。

とはいえ、いったん団地に帰らなければならなかった。

娘が待っているからだ。

仕事に熱中すると、何日も家に帰らないことがある。娘も父の仕事を理解している。無断外泊に慣れていた。娘に怒られたことはないが、冷ややかな眼をむけられることは辛《つら》かった。

ちがう。

ちょっとだが……ちがう。

怒られることより、忘れられていることのほうが怖かった。五日ほど留守にして朝帰りしたとき、なぜ父が無精髭を生やして薄汚れた格好をしているのか不思議そうな顔をされたことがある。

信号が赤になった。

圭吾は、シフトダウンでエンジンブレーキをかけた。余裕をもって減速し、白線の前でカブを停車させる。

模範《もはん》ライダーである。

信号待ちのあいだに、ふああ、とあくびを漏らした。さすがに眠い。不眠不休で働いて疲れもたまっていた。

現代のカブはアイドリング音も静かなものだ。

フロントブレーキをかけたまま、ギアを一速に落としておく。遠心クラッチだから、ニュートラルでなくともエンジンは止まらない。信号が青になれば、ブレーキレバーを離し、アクセルをひねって、ぶーん……。

ふと横の中古車屋に眼をむけた。

ハイエース、スカイライン、インプレッサ、ランエボなどに雑《ま》ざってプリウスも何台かあった。状態が良好ならば買い手はいそうだが、どの車も雨ざらしの錆だらけであった。

手前のスカイラインをぼんやりと見た。いまでもファンが多いというR32だ。フロントの一部が窪《くぼ》んでいる。塗装《とそう》も少し剝《は》がれて妙に光っていた。

圭吾は、なんとなく思い出した。

三日前に、ここで殴り飛ばしたチンピラがぶつかったところだ。

いかん、と思った。

中古車屋の事務所らしいプレハブ小屋を素早くたしかめる。テレビでも観ているのか外を見ている気配はない。あのとき圭吾とカブを見られていたかもしれない。思い出される前に、とっとと逃げておくべきである。

信号が青になった。

だが、圭吾はアクセルを開けなかった。

——塗装が剝がれて……光る？

眉間にシワを寄せた。

ふたたびスカイラインに眼をむけた。事務所の者に気取《けど》られないように、こっそりと顔を近づけた。

剝がれた塗装の下に、ピカピカのボディが覗いていた。

8

そのあと――。

圭吾は荒俣に連絡を入れ、組事務所の若衆と合流してから窃盗団のアジトへ殴り込みをかけた。

喧嘩は好きではない。本当だ。かつては女房から、いまは娘から、喧嘩はやめてくれといわれている。ガキじゃないんだからと。弁償や治療費もバカにならないと。懇々《こんこん》と説教をされた。

だが、今回の相手は犯罪者だ。

カブで走りまわった疲労と眠気もある。頭がぼんやりして、むずむずと苛立《いらだ》っていた。理性をゆるめる言い訳には事欠かない。

窃盗団の手口は斬新《ざんしん》であった。

盗難車を錆だらけに見えるように塗装し、下手に隠すことなく堂々と露天に展示していたのだ。トリックアートを駆使して、眼の錯覚でボディがへこんで見えるようにし、少し離れればゴミ車にしか見えなかった。

頭脳犯である。

若衆たちは、アニメキャラの面で顔を隠し、地芝居で使うかのような農民の着物をまとって、手には工事現場で活躍するバールやハンマーを持っていた。

急襲を受けた窃盗団も、異形の集団に度肝《どぎも》を抜かれたことであろう。

圭吾も気持ちよく暴れることができた。

荒俣は他の盗難車に興味はなく、若衆が組のプリウスだけを回収した。

警察に匿名で通報し、圭吾たちは意気揚々と撤収した。

ずいぶん遅くなったが、これで仕事は片付いたのだ。

圭吾は、娘の待つ団地へと急いだ。

カブ110で走りまわって、さすがに初期の感動は薄れていた。

フロントのサスペンションは、カブ伝統のぴょこんと跳ね上がるボトムリンク式ではなく、ごく常識的なテレスコピックを採用している。

ホイールベースが延長され、直進安定性は格段によかった。ふらふらと落ち着きのなかったハンドリングも行儀よく矯正《きょうせい》されていた。

こうなると、ほとんどバイクだ。

新型カブに採用されたLEDライトは羨《うらや》ましいが、あとは不満などない。燃費もよく、ロングツーリングならば一リッターで七〇キロメートルも眉唾《まゆつば》ではない。

ただし、古いエンジンの音も懐《なつ》かしかった。トコトコと健気《けなげ》にまわり、ときどき咳込《せきこ》みながら、アイドリング中や全開中にはバックミラーが見えなくなるほどの振動を発生するのだ。

振動も人生の味だ。

カブはカブだ。

バイクというより、〈カブ〉というジャンルの乗り物だ。

新しかろうが古かろうが、基本的には同じである。

しょせんはエンジンのついた自転車だ。

一八八五年にドイツのダイムラー社が初めて開発した二輪車は、全長も車輪径も奇《く》しくもカブと近い数値だという。

しかし、娘が古いカブ90に執着《しゅうちゃく》する理由も痛いほどわかっている。

——まだ母親を忘れられないんだなあ。

不憫《ふびん》であった。

この歳になれば、永遠につづくものなどないとわかる。

失われたものは戻らない。

想い出は買い戻せない。

それでも、

――想い出の品は、買い足すことができるのではないか？

などと、圭吾は思うのだ。

ときには永遠というものを信じてみたくもなる。人の遺伝子のように、連綿《れんめん》と繋がっていくものはあるのではないか、と。

時代や環境が変化しても、およそ六十年にわたって同じコンセプトをキープしているスーパーカブのように……。

このカブで、また新しい想い出を作っていこう。カブはバイクのシーラカンスではない。時代とともに進歩しているのだ。

唐突に、ぷすぷすとエンジンが咳込みはじめた。

スローダウンして停止した。

スターターは標準装備となっているが、バッテリーが消耗してもキックペダルで始動できる。いざとなれば押しがけでもエンジンはかかる。

ただし、これはガス欠だ。

うっかりしていた。

レッグシールドの左側に手を伸ばし、メンテナンス用の穴に指を差し込んで燃料コックを探った。

そして、ああ、と嘆息した。

「……古いカブにあって、新しいカブにないものがあったなあ」

現代のカブでは、リザーブのガソリンに切り替えるための燃料コックが廃止されているのだ。

ガス欠になれば、それまでだ。

圭吾は、近くのガソリンスタンドまで、百キロ近い重量を押していくことになったのであった。

第二速（セカンド・ギア）

1

夏の陽射しが眩《まばゆ》い。

風よけのレッグシールドを外したくなる季節が到来していた。

暑いのだ。

完全に顔を覆《おお》うフルフェイスよりマシとはいえ、半帽ヘルメットの中は蒸れに蒸れる。太陽の熱がアスファルトで反射し、空冷エンジンの放熱と絡んで乗り手の足もとをあぶっていた。

バイクにむいた季節ではない。

レッグシールドを外さないのは、カブを象徴するものだからだ。世界で初めて二輪車として立体商標登録された伝統のスタイリングだ。そして、〈旭風防〉を外さないのは、いったん装着したパーツをいじるのが面倒だからだ。

ともあれ、圭吾は憤然としていた。

——なぜ逃げる!

モスグリーンのクロスカブを猛追しているのだ。カタログによれば〈カムフラージュグリーン〉だというが、グリーンはグリーンだ。

娘のクロスカブであった。

喫茶店〈シングル・カム〉で、娘は父のカブと仲良くランデブー走行してもいいと話していたという。

情報源は優香だ。

——ならば、なぜ?

梨奈はフルスロットルで必死に逃げている。大学にむかう途中まで、ただいっしょに走りたかっただけなのに……。

——話がちがうじゃないか!

逃げるのであれば追うまでだ。

幸い、通勤ラッシュは過ぎて道は空いていた。

対向車はない。

土手道だ。

右手には野菜畑が見える。左手は河原《かわら》である。川の流れに沿って、前方に緩やかな右曲がりのカーブがあった。

梨奈の腰が右にスイングし、車体を景気よく寝かし込んだ。

圭吾は眼を剝《む》く。

速度も落とさず、危ないではないか。転んだらどうするのだ。右のステップが接地するほどの深いハングオフだ。

実際に擦《こす》っていた。

しかし、クロスカブのステップは可倒式だ。先端がアスファルトに接しても、こんっ、と跳ね上がるだけである。

圭吾は、そこまで攻め込めない。腕のせいではなく、カブ110のステップはシンプルな固定式だからだ。車体を傾けすぎて、道路の窪みにステップが引っかかれば、派手に転倒してしまう。

梨奈にカーブで離された。

さらに直線でも差をひろげられる。

エンジンは同じだ。出力は7500回転で5・9kW。昔の表示なら8・0PS——8馬力だ。現在の表記だと、なんだか損をした気分になる。

だが、クロスカブはマフラーを交換し、わずかに出力をアップしている。リアに高性能なハイブリッドサスペンションをおごっているからカーブで攻めてもライダーは姿勢を崩《くず》さない。

だから、娘のクロスカブは速い。

父は追いつけなかった。

ところで——。

天下の公道でバイクの追いかけっこをしているとはいえ、目くじらを立てるほどではない。しょせんはカブとカブなのだ。

前方に信号が見えた。ちょうど赤になったタイミングだ。

よし、と圭吾は口元をほころばせる。

これで差を詰められる。

ところが、信号の手前で減速したかと思うと、すいっとクロスカブは狭い脇道へそれていった。河原に下りたのだ。

夏だから、父と川遊びでもしたいのか？

ちがう。

得意な悪路で決着をつけようと決意したのだろう。

——なぜ、そこまでムキになって逃げる？

大いに解《げ》せなかった。

よくよく考えれば、大学は夏休みに入っているはずだ。

——ならば、なぜに……。

探偵の嗅覚が、隠し事の匂《にお》いを察した。

被災地でも活躍したカブだ。悪路が苦手なわけではない。十七インチのタイヤは、排気量に比して大径で、起伏の衝撃に強い。細いタイヤは地面に食いつき、軽い車体は立ち往生を防ぐ。

河原ならば、わずかなパワー差は関係なかった。

圭吾は腰を浮かせ、不整地の衝撃を膝で吸収した。ギャップの底にタイヤを落とさず、できるだけ頂《いただき》から頂へと跳ねる。リアタイヤを滑らせてドリフトし、砂利を蹴飛ばしながら走った。

モスグリーンの車体と差が詰まってきた。

娘のヘルメットがわずかに動いた。バックミラーを確認したのだ。舌打ちが聞こえた気がした。

ふり切れないと悟《さと》ったか、梨奈は土手にハンドルを切った。シフトを一速に落とし、草と土を蹴《け》立《た》てて一気に駆け上がった。

圭吾は、ここで追跡を諦めた。

カブ110でも、追って追えないことはなかった。が、そろそろタイムリミットである。遊びはここまでだ。圭吾は大人だ。社会人なのだ。依頼主と交わした約束を違《たが》えるわけにはいかなかった。

「今日のところは見逃してやろう」

捨て台詞を吐き、〈シングル・カム〉へとハンドルを切った。

2

「カブ主？」

圭吾は聞き返した。

カウンターの上で、〈シングル・カム〉自慢のオリジナルブレンドが湯気《ゆげ》をたてている。夏でもコーヒーはホット派だ。アイスコーヒーにすると、なぜか腹を下す体質なのだ。

「そう。お客さんがね」

優香は、圭吾の隣に陣取っている。

髪をひっつめにして、オレンジ色のツナギを着ていた。喫茶店の制服にしては風変わりだが、客がいないときに裏のバイク屋を手伝っているのだ。

目付きが鋭く、気が強そうに見える女だ。が、さっぱりして気取りがなく、面倒見のいい姐御肌《あねごはだ》であった。

圭吾より二つ年下だ。

離婚歴があり、別れた夫はバイクのレーサーだったらしい。子供はおらず、そのせいか梨奈を可愛がってくれている。

「客が？　カブ主？」

「最近はね、カブの持ち主をそう呼ぶの」

「〈株〉と〈スーパーカブ〉をかけてんのか？」

「うん。でね、女だと〈カブ女《ジョ》〉って呼ぶみたい」

「それは嘘だろう？」

「嘘よ。とにかく、古いカブを持ち込んできたお客さんがいて、レストアを依頼されたのよ」

「おれはパーツを探せばいいのか？」

「そう」

「まあ、ホンダにもストックはないだろうしな」

経費削減のため、メーカーも在庫を持ちたがらないのだ。ごく最近のモデルでさえ十年と経たずに欠番だらけだった。

「いつのカブだ？」

「C65よ」

「ビンテージ品だな」

前世紀の六〇年代に発売されたカブだ。

カブの名称自体は、一九五二年にまで遡《さかのぼ》る。エンジンは2サイクル単気筒で、排気量は50cc。現代の原付一種と同じだ。バイクというよりは、自転車にエンジンをつけただけであった。

一九五八年に〈スーパーカブ〉の名を冠した初のモデルが発売された。

ブレーキ時にフロントがひょこんと持ち上がるボトムリンク式サスペンションや自動遠心クラッチなどの独自機構を備え、すでにスーパーカブのシルエットを特徴づけるレッグシールドも装着されていた。

ただし、ライトとハンドルまわりのカバーに一体感が乏《とぼ》しく、ウィンカーも小さく可愛らしいものだった。

ビーチボーイズが歌う『リトル・ホンダ』が大ヒットし、アメリカ中で有名になったホンダのバイクは、その時代のカブだ。

荷台に搭載《とうさい》される〈マルシン出前機〉が開発されたのも六〇年代である。

やがて、時代がモアパワーを求め、50ccから63ccへ排気量をアップしたC65が発売された。エンジンはOHVからSOHCに進化し、より静かに、より耐久性も向上した。

しかしながら、六六年にフルモデルチェンジが敢行される。現代のカブに近いモダンなスタイルを獲得したが、そのためにC65の生産期間は短く、希少モデルとなってしまった。

「エンジンはなんとでもなるけど、車体のパーツが足りないの。うちのお父さん、できるだけオリジナルに近づけて復元したいらしくて。カブを扱ってるバイク屋さんも同業のツテで探してみたけど、なかなか見つからないのよ」

「オーナーズクラブに問い合わせてみたか？　オヤジさん、カブ連の会長と友達じゃないか。ストックがあれば譲《ゆず》ってくれるだろう」

優香の父は、カブの世界では古株のひとりだ。職人的な仕事ぶりで知られ、主立ったオーナーズクラブには顔が利くはずだ。

「それがね、カブ連の会長さんと喧嘩しちゃったのよ」

「オヤジさんが？」

「このあいだ、クラブのミーティングに顔を出して、そのときお酒も出たらしいの。お父さん酔っぱらっちゃって、ＯＨＶのカブなんて認めねえとかくだらない啖呵《たんか》切ったらしくて、それで会長さんと大喧嘩。他のオーナーズクラブにまで回状出されて……もうたいへん……」

カブ連は、全国でも三本の指に入る大手クラブであった。

古馴染みの口喧嘩だ。互いに意固地《いこじ》になっているだけで、そのうち仲直りはするのだろうが、当面は断絶状態であろう。

「なら、ネットのオークションサイトとかはどうだ？　時間さえかければ、掘り出しもんが見つかるだろ」

「お客さん、お年寄りなのよ」

「あ？　あ、ああ……」

人生の残り時間など読めるはずもない。

「その前に、爺《じい》さんをバイクに乗せてだいじょうぶなのか？」

カブとはいえ、バイクはバイクだ。

近年では、老人の暴走事故が多発して問題になっている。本人はイケると思っても、体力や反射神経は若いころのようにはいかないのだ。

「七十過ぎたばかりで、ずいぶんお達者よ」

「まあ……地方じゃ、車かバイクがないとなにもできないがなあ」

高齢者の移動手段として、市が専用のバスを出すなどの対策はしている。が、どうせなら愛着のある乗り物で出かけたいのだろう。

「昔、そば屋さんをやってた人らしいの。カブで出前もしてたって。隠居してから、ずっと倉庫の奥に放置してた古いカブを見つけたらしくて……若いころの想い出に浸りながら乗りたくなったみたい」

リターンライダーというやつだろうか。

分厚く埃《ほこり》をかぶっていたC65を見つけ、老人は初めてバイクに乗ったときの感動をふつふつと思い出したのかもしれない。

圭吾にも覚えがある。

この小さなバイクで、どこまでも走っていける。可能性への歓喜と昂揚《こうよう》だ。若いころに味わった感激は特別なのであろう。

不思議なことに、今でも似たような感覚を味わうことがある。

歳をとったということか、精神的に成熟していないということなのか、あるいはカブ特有の現象なのか……。

「しかし、大枚はたいてカブのレストアか。妙な時代になったもんだな」

圭吾は首をひねった。

カブの構造はプリミティブだ。社外パーツも豊富にあり、自分で修理したり、カスタムできるところが本来は楽しいのだ。

「ううん、お金持ちじゃなくて、年金暮らしよ」

圭吾はイヤな予感がした。

「いや、待て待て。おれは仕事だと思ってきたんだ。カブじゃあ、希少なパーツでもたいして金はとれないだろ？」

「だから、仕事じゃないの」

優香は、ぺろりと舌を出した。

いい歳をした女が——意外と可愛らしい。

「仕事の合間にでも探してくれればいいの。あたしも店が忙しいし、ちょっと手が離せなくてさ」

「ふうん……」

圭吾は、いまいち気乗りしない。

報酬が同額なら、人は好きな仕事を選ぶ。多少の差があっても、やはり同じだろう。が、これは仕事ではない。

趣味だ。

そして、彼には養うべき娘がいる。

「なあ、台湾で作ってるレプリカのパーツはどうだ？」

台湾、フィリピン、タイ、ベトナムなどには、ホンダの現地工場がある。昔はカブを生産していたが、各国の事情に合わせた独自商品も造っていた。

東南アジアでは、〈カブ〉がバイクの一般名詞であった時代もあったのだ。

経済発展とともに中型スクーターが流行の先端になっているらしいが、中古カブのカスタム文化が若者を中心に独自の発展を遂《と》げているという。現地のレースで鍛《きた》えられたパーツが日本に輸入されて好評を博しているほどだ。

「うーん、プラスチックのフロントカバーならあっちの再生産品でいいけど、車体もけっこう腐ってるのよ」

「構造はシンプルなんだし、パイプと鉄板があればなんとでもなるだろ」

　カブはフレームの前部が鋼管で、車体の後部は二枚のスチール板をプレスで整形してモナカ式に張り合わせたものだ。町工場の工作機械で、いくらでも加工できるレベルだった。

「うちはエンジンいじりは得意なんだけど、板金が苦手なのよね」

「ああ……そういや、昔、凹《へこ》ませたバイクのタンクを修理してもらったことがあったな。ありゃ、ひどい出来栄えだった」

　当時は学生で金もなく、ほとんどタダ同然で直してもらったのだから文句をつけるほうがおかしいが……。

「でしょ？　外注すればいいんだけど、お客さんの財源が年金だからねえ」

　人件費を節約するため、常連客の探偵に手伝わせようということだ。

　レストア作業は、どんな車種であれ工賃がもっとも高い。軽自動車であろうがポルシェであろうが、カブであろうがハーレーであろうが、作業時間がかかればレストア代は変わらないものだ。

「おい、それより聞いてくれ」

すっかり興味を失った圭吾は、別件のクレームを思い出した。

「梨奈の行動が不審だ。大学は夏休みなのに、今日もバイクで出かけていった。しかも、この父をふり切ってだ。どういうことだ？　おれとランデブー走行してくれるはずじゃなかったのか？」

優香が悪いわけではない。

だが、誰かに愚痴《ぐち》を聞いてもらいたかった。

「あら、そうなの？　期待させてごめんなさい。もしかしたら、梨奈ちゃんも好きな男の子とかできたのかもね。デートで父親なんかについてきてもらいたくなかったのかもしれないわ」

「父親なんかとはなんだ」

「ただの推測よ？」

「推測でも……おれが傷つく」

「うん、ごめんなさい。あたしが慰《なぐさ》めてあげようか？」

「う……」

圭吾の愚痴は尻すぼみになった。

昔から、そうだった。

圭吾が怒っても、優香はうんうんと眼を細めてうなずくばかりだ。彼の眼を真っ正面から見つめ、妙に瞳を輝かせ――。

そうなると、なぜか気後れしてしまう。言葉も出なくなる。彼の妻さえ持っていなかった女の恐るべき特殊技能だ。

「ねえ、クロスカブの廃車が裏に入ったの。C65のパーツを探してくれたら、シートとステップを外してお礼にあげる。これでどう？　ちょっとステップが曲がってるけど、サービスで修正してあげるし」

「ふむ……」

悪くない条件だ。

先代クロスカブのパーツなら、圭吾のカブにも装着できる。可倒式ステップもほしいが、クロスカブのシートはクッションが厚く、ロングツーリングでも尻が痛くならないと評判であった。

「わかった。やるよ」

結局、圭吾は依頼を受けた。

3

翌日だ。

娘は大学のレポートを書かねばならないとかで、一日中クーラーの効いた部屋に閉じこもる予定らしかった。

圭吾は、午前中に便利屋の仕事が入っていた。不動産屋の依頼で、アパートで孤独死した老人の遺品を整理したのだ。今年の猛暑を乗り切れなかったらしい。遺品といっても、ほとんどが布団《ふとん》などの日用品で、借りた軽トラックに積み込んで搬出するだけだった。

午後は解体屋をまわることにした。

畑の真ん中にある解体屋だ。廃車のパーツを盗むために侵入する悪ガキ対策で、トタンを張り巡らせて敷地を囲んでいる。

看板のつもりなのか、スバルやホンダの古き良き360cc時代の軽自動車が、積み木のように重ねられた廃車のてっぺんに載せられている。圭吾の知るかぎり、もう三十年は飾られていた。

　来客用の駐車スペースにカブ110を停めた。

「おほっ」

　妙な声が漏れた。

　駐車スペースの隅に、ハンターカブが停まっていたのだ。

　二〇二〇年に発売されたハンターカブCT125ではなく、クロスカブの前身にあたるオフロード特化のCT110であった。

　原形は古く、一九五〇年代末にアメリカで販売されたカブをベースに現地のオーナーが荒れ地でも走れるように改造し、それをホンダがフィードバックして商品化し、さらに発展させたものだ。

　排気量は105ccで、浅瀬を走っても水が入らないように排気口は高い位置にある。フロントサスペンションは、カブ名物のボトムリンク式ではなく、通常のバイクと同じテレスコピック式を採用していた。

　車体の剛性を上げるサブフレームが追加され、撥《は》ね上げた小石でエンジンを傷つけないアンダーガードも装備されている。

質実剛健にして、機能美の塊《かたまり》だ。

いまでこそ人気は高いが、発売当時は日本国内での販売台数に伸び悩み、ほとんどが北米やオセアニアなど海外に輸出された。なんと二〇一二年までニュージーランド用に生産していたらしい。

正確な年式はわからないが、赤い塗装《とそう》が適度にくすんでいい味を出している。凹みや錆はなく、よく手入れされていた。

エンジンの左下を覗き込み、圭吾は低くうなった。

このハンターカブは、日本仕様になかった副変速機が付いている。北米仕様では、通常の変速機に加えて、険しい山道を踏破するためにハイとローで切替可能になっているのだ。

「ららら—ら……」

ついザ・ハイロウズの『日曜日よりの使者』を口ずさみたくなる。このままどこか遠く　連れてって——「Do you have a HONDA?」

だが、いつまでも人のバイクを見物してはいられない。

圭吾は、ビジネスボックスの底で潰れていたサファリ帽をかぶった。スーツには似合わないが、これで直射日光を避けられる。

事務所で社長に声をかけてから、廃車置き場へと踏み込んだ。

陽光が車のボディやミラーに反射し、ぎらぎらと輝く。劣化したプラスチックの饐《す》えた臭《にお》い。地面に漏れ出たオイル臭。水の腐った臭気が立ち昇って、草木の青臭《あおくさ》さと混ざり合っていた。

ナンバーを外された車の迷宮には、ススキやセイタカアワダチソウが旺盛な生命力を誇示して繁茂《はんも》していた。

圭吾の吐く二酸化炭素を目当てに蚊《か》がまとわりつく。油で虹色に染まった水たまりをひょいと跳び越えた。よく見ると、死んで骨と化した蛙《かえる》が沈んでいた。

廃車置き場の雰囲気は好きだ。

文明の滅んだ世界を彷徨《さまよ》うような寂寥感《せきりょうかん》を味わえ、まだ使えるパーツが見つけられるのを待っている宝探しの趣《おもむき》もあった。

奥にすすむほど、車種は古くなる。扱いも雑になる。並べるスペースがなくなって、二段三段と積み上げられていた。

バイクをまとめた場所は、もっと奥だ。

フロントフォーク。エア式の後部サスペンション。ガソリンタンク。ハンドル。ウィンカー。アルミの鋳造《ちゅうぞう》ホイール。

パーツ探しは、圭吾の原点だ。学生時代は、よく人から頼まれて小遣い稼ぎをしていた。不器用でバイク修理にはむいていないが、眼を光らせて地道に足で探しまわることは嫌いではなかった。

しかしながら、いくらビンテージとはいえ、スーパーカブC65は歴史的な記念碑となる特別なバイクではなかった。

良くも悪くも、庶民の足として開発された安物の量産品だ。実用バイクの常として、さんざん酷使された車体ばかりで、解体屋も持ち込まれるそばからじゃんじゃん潰してスクラップにしてしまう。

圭吾は足を止めた。

先客を見かけたのだ。

ハンターカブのオーナーだろう。事務所にも挨拶したらしく、若い男だったと社長から聞き出していた。

たしかに若かった。

中背だが、腰は太くがっしりとしている。足が短いわけではないものの、重心は下半身に集まっている印象だ。足の裏をべったりと地面につけ、微妙にシンコペーションで歩いていた。

青年は車輪の外されたカブ70に目を留めて、ハンドルを揺すった。塗装のくたびれ具合からして、九〇年代あたりのカブだ。レッグシールドが切断され、キャブレターとエンジンが剝き出しになっていた。

50ccよりパワフルで、カブ90より高回転までまわる70ccエンジンを搭載し、これぞベストバランスと評価するカブ主は多い。

「いい出物はあったかい？」

圭吾は声をかけてみた。

「え？　ええ、それなりに」

若者はふり返った。

天然パーマの髪が気ままにハネている。陽に透けなければ黒髪に見えるほど暗い色の茶髪であった。これは生まれつきであろう。

彫りの深い顔立ちに、陽気な笑顔が似合う大きな口をしていた。眩《まぶ》しげに眼を細めて圭吾を見つめている。

「あのハンターカブは君のか?」

「そうです」

「いい趣味だ」

若者は、含羞《はにか》んだように笑った。

「ホンダから新型のハンターカブが出たけど、若い人にはそっちのほうが思いっきり走れていいんじゃないか?」

「ああ、プレミアムなハンターカブですね。新車だし、ディスクブレーキも魅力的ですけど、でも新車がほしかったらクロスカブのほうが安いし、走行性能だって充分ですよ」

「なるほどな」

最近のホンダは、スーパーカブC125にモンキー125と最新技術を投じた上級モデルを続けざまに発売しているが、どちらも原付とは思えないプレミアム価格であった。

ノスタルジーに惹《ひ》かれてハンターカブがほしくなったが、在庫不足で買えない小金持ちむけの商品だ。

「でも、ぼくはラッキーです。あのハンターカブは父から譲ってもらったんです」

「ふむ……」

なかなかの好青年ではないか、と圭吾は若者を気に入った。

「大学生？」

「ええ」

若者は、梨奈も通っている工業大学の三年生だという。

「バイクのメンテは自分でやってるのか？」

「そうです」

「じゃあ、ここにはハンターカブのパーツ探しか」

「いえ、大学の研究でベースとして使えそうな古いカブを探してたんです。カブなら構造もシンプルで、お金がかかりませんしね」

「なんの研究だ？」

「安価なハイブリッドバイクの研究です」

工業大学では、なかなか面白いことをやっているようだ。前に聞いたニュースで、市立博多工業高校の学生が空気エンジンの世界最速記録を達成したというが、それもベース車両はカブであった。

構造はシンプルで、簡単に入手できるからだろう。

「しかし、その手の研究は大手メーカーでもやってるだろうし、素人考えだが電動化に絞ったほうが簡単じゃないのか?」

「ええ、でも、ミニマムなサイズでのハイブリッド化は、大手メーカーだと開発コストに見合わない技術でしょうから。それに学生の立場でやってみることが大事だと先生もおっしゃってて」

「具体的には、どうやるんだ?」

「まずカブをベースにして、サイドカーを製作します。サイドカーにバッテリーとモーターを搭載して、試行錯誤しながらデータを集めようかと。そのうち三輪化して、老人の手軽な移動手段として利用できるシニアカーの実証実験機にまで発展できればと思っています」

地方と侮《あなど》るなかれ。この街では市やメーカーが協力して自動車の工業都市らしい最先端な試《こころ》みが行われているのだ。

たとえば、一人乗り小型電気自動車だ。

各駅の近くに設けられたステーションで乗り捨て可能なモビリティシェアリングを試験運用中であった。これを個人で改造して、老人の移動をサポートする電気自動車の開発をしている者もいる。

某有名大学では、日本最大の自動車メーカーと組んで自動運転化の技術まで研究しているのだ。

「カブのサイドカーか。それもいいな」

ところで、と圭吾は話題を変えた。

「君は日系かな？」

独特な歩き方から、そう思ったのだ。

「父が三世でした。ブラジルからのデカセギで、そのまま気に入って日本人の母と結婚して、帰化もしました。だから、ぼくも日本人です」

「ん、そうだな」

日系ブラジル人の〈デカセギ〉ブームが起きたのは、八〇年代の半《なか》ばあたりだ。

当初は日本国籍を持つ一世のみを対象としていたが、やがて二世や三世にも許可が下り、バブル景気で人手が足りなくなった日本に労働力を提供することになった。

日本で稼ぐだけ稼いで帰国する者もいれば、家族で渡日し、そのまま〈定住者〉となるパターンもあった。

いまさら珍しくもない。

圭吾が住む団地も半分近くの住民がそうなのだ。

日本で生まれ、日本で育ち、日本の国籍もとった。ならば日本人だ。ただ、それだけのことだ。そういう時代なのだ。

カブも同じだ。

日本に生産拠点を戻したとはいえ、中国工場で組み立てていた時期もある。面白いことに、ホンダはカブのコピーエンジンを生産していた中国メーカーをとり込んで、本物のカブにエンジンを供給させていた。

それでも、カブはカブだ。

ただし、彼の父は、もう少しだけ立場が複雑だったであろう。日本に帰化したとはいえ、ブラジル政府は自国民の国籍離脱は認めていないため、二重国籍になってしまうからだ。

青年は、清水義男《しみずよしお》と名乗った。

圭吾も名乗った。

「南原さん？」

「ああ、そうだ。どうかしたか？」

「……いえ、なんでもありません」

青年は曖昧《あいまい》に微笑んだ。

圭吾も、とくに気にしなかった。

「ブラジルGPでマクラーレン・ホンダのセナが母国ブラジルで優勝したときには、それは大騒ぎになったそうです。母に教えてもらったんですが、父は英雄セナのレースに感動して、それで日本にいきたいと思ったんだとか」

「一九九一年のシーズンだな。そういや、マクラーレンじゃないが、二〇一九年はレッドブル・ホンダが二十八年ぶりに優勝したよな」

「ワンツー・フィニッシュでしたね」

「二位はトロロッソ・ホンダだけどな。奇《く》しくも本田宗一郎の誕生日だ」

「ええ、燃えましたね。トロロッソがアルファタウリになって、イタリアGPで優勝したときも盛り上がりました」

ますます好青年であった。

日本の未来は明るい。なぜ解体屋にきたのかということも忘れて、しばらく青年とのホンダとレース談義に興じた。

「あのハンターカブは父の愛車だったんです。ブラジルで修理工をしていて、北米から流れてきたボロの中古を買って、自分でレストアしたそうです。日本にくるときも、母国の道を走らせてやりたいって、いっしょに持ってきたとか」

「うん、いい話だ」

圭吾は清々《すがすが》しい気分であった。

「しかし、ホンダのファンなら、浜松が聖地なんじゃないか？　こっちの地場産業は車だからな。大学を卒業したら、むこうにいくのか？」

「さあ、まだわかりません」

「なんだ、こっちにカノジョでもいるのか？」

「あ、いや……まだ付き合いはじめたばかりですけど……」

カノジョは大学の後輩らしい。恋人と呼ぶほどには、まだ距離を詰められていないということだろう。

じつに初々《ういうい》しくも微笑ましい。

「先のことは、まだわかりませんけど……ブラジルには、こんな言葉があるそうです」

「ほう？」

「『悲観的な人は風に不平を並べ、楽観的な人は風向きが変わるのを待ち、現実的な人は帆を調整する』って……」

「いい言葉だ」

人生も機械もこまめな調整が大事である。

さしあたり、あとでカブ110のブレーキとチェーンの調整をしておこう、と圭吾は心のメモに書き留めた。

4

「ねえ、パーツは見つかった？」

喫茶店に入ると、優香が訊いてきたのだ。

「いや、まだ」

圭吾は、ざっくりと答える。

「それより聞いてくれ。いや、聞け。おまえには、その義務がある。今朝《けさ》も娘のクロスカブにちぎられた。マフラーとサスペンションを交換しただけで、あんなに速くなるもんなのか？」

詰め寄る圭吾に、優香はにんまりと笑った。

「圭吾さんが遅くなったんじゃない？」

「そんなはずはない」

「そうね。先輩、昔から運転巧《うま》かったものね」

「どうなんだ？　オヤジさんの店でカスタムしたんだろ？」

「エアクリーナーのボックスは加工したけどね。あ、そうそう、ちょうどグロム用の中古スロットル・ボディが余ってたから、ビッグスロットル化はしたよ」

「ボックス加工にビッグスロットル化だと？」

カブのエンジンは、燃費やトルクなどの実用性能をキープするため、あえて吸気と排気を絞っている。

入口と出口をひろげることで、吸気と排気の効率を上げたということだ。たっぷり食べれば、それだけ絞り出される馬力も多い。

「チェーンは国産に換えて、タイヤはミシュランのM45。先輩のカブ、両方とも中国製のままでしょ？　せめてチェーンくらいは交換する？」

「ううむ……」

中国製チェーンはすぐに伸びて、五〇〇キロ走るごとに調整しなくてはならない。タイヤもグリップ重視のものにするべきか……。

「梨奈ちゃんに追いつきたいなら、エンジンのチューンナップとかどう？」

「んんー、エンジンかー」

「ボアアップなら、あたしがタダで組んであげるからさ。パーツ代だけでいいよ」

「んー、いや、エアクリ加工やマフラーはともかく、エンジン本体には手を入れたくないなあ」

「ハイカムは？」

「スターターに負担がかかる」

「スプロケットだけでも交換すれば？」

「そうだなあ」

カブには安価な社外パーツが多い。ひとつひとつは、値段もしれている。が、積もり積もれば馬鹿にできない散財だ。

カブ系のカスタムは業が深い。排気量のボアアップキットもあれば、DOHC化して高回転&高出力エンジンに仕上げることもできる。V型二気筒エンジンを自作して搭載するツワモノまでいる世界なのだ。

——だが、それはカブなのか？

カスタムにのめり込みすぎて、もはや面影《おもかげ》が欠片《かけら》も残っていないカブも多い。

改造&パワーアップには限度がなく、麻薬と同じで常習性があり、かつ危険を伴うものであった。

馬力を上げれば壊れやすくなり、扱いにくくもなり、エンジンの寿命を確実に縮めることになる。

頑丈《がんじょう》にすれば重くなり、ブレーキやサスペンションの負担となる。

カスタムとは、メーカーが慎重に定めたバランスを崩すことなのだ。

「ねえ、カスタムが嫌いなら、思い切ってC125でも買う？　じつはね、うちもお店用に一台買ったの」

「改造してデモカーにでもするのか？」

「まだノーマルよ。でも、そのうちイジるかもね」

C125はタイホンダで製造され、日本に輸入されている。アメリカでも発売され、四十年ぶりにカブがアメリカに上陸したことでも話題になった。

初代スーパーカブC100をモチーフにしたデザインはレトロでありながら、125ccのパワフルなエンジンにディスクブレーキを採用し、ホイールはスポークではなく鋳造だ。

計器類はアナログとデジタルが併用され、なんと最新装備のスマートキーまで搭載されている。

いろいろと、てんこ盛りだ。

排気量アップや制動力で有利なディスクブレーキも魅力的だが、丸目ライトに横筋が入って、山羊《やぎ》の目のように可愛らしい。

だが、C125を買ってまで勝つなど、父の沽券《こけん》にかかわる。

「……考えておこう」

「はいはい」

店の中は光に満ちているが、どうにも圭吾の心は曇《くも》りがちだ。

「なあ、どうしたら父を敬《うやま》ってくれると思う？」

「野暮《やぼ》ったいスーツをやめて、アロハにでもしたら？」

「スーツは男の戦闘服だ。社会人の制服だぜ」

「ネクタイも野暮ったいし、黒縁メガネも似合《にあ》ってない。だいたい、それ度が入ってないでしょ？」

「ゴーグルの代わりだ。ネクタイは……」

元妻からのプレゼントであった。

「おれは社会人として働く父の姿を娘に見せておきたいんだ」

「もう子離れしたら？　なんていっても、どうせ聞かないんだろうけどさ。……ねえねえ、どうせパーツ探しも煮詰まってるんだったら、気晴らしにツーリングでもいかない？」

「暑いな」

「ねえ……」

「暑いなあ」

「こら——」

優香は眉《まゆ》を吊り上げた。

「ねえ、いこうよ。ツーリング。うちのC125に乗せてあげるからさ」

「むぅ、C125か」

圭吾は、しばし考えた。

「そうだな。気晴らしにはツーリングだな」

「ん、約束よ？」

「だが、もっと涼しくなってからな」

「もう！」

クォォォンとスマホの着信音が鳴った。昔のホンダF1のエグゾーストノートを再現して着信音にしているのだ。

圭吾は出た。

『やあ』

荒俣からだった。

切ろうとした。

『あ、切らないでね』

「なんの用だ？」

『盗難車の件では世話になったね』

「もう何ヶ月も前の話じゃねえか」

『でも、助かったよ』

「それだけか？」

『あのさ、またひとつ頼みたいんだけど。オヤジのバイクが盗まれたんだ。探してよ』

「だから、警察に届けろ」

『冷たいねえ、君は。ああ、ところでさ、組の若い者が見かけたんだけど、梨奈ちゃんが街中で若い男と親しそうに歩いてたって』

「……んだと？」

娘に虫がついた？

圭吾の頭に血が昇った。

「おい、どんな男だった？　歳は？　顔は？　あ？　遠目でよくわからん？　使えねえヤクザだな！」

乱暴に通話を切った。

未来は暗い――圭吾には、そう思えた。

5

南原家の夕食は、またもやカレーであった。

圭吾が大量のタマネギを刻《きざ》んで刻んで刻んで炒《いた》めて炒めて炒めて、これでもかと旨味《うまみ》を出してから、豚バラとナスとマイタケを鍋にぶち込み、チーズと少量のチョコレートでコクを演出した自慢の一品だ。

食事が済むと、

「なあ、梨奈……」

ボーイフレンドの一件を問い詰めようとして、娘から絶妙なタイミングでカウンターをくらうことになった。

「ねえ、お父さん」

「ん？　なんだ？」

「お母さん、どんな人だった？」

「か……」

過去形で訊くな、と圭吾はわめきたくなったが、口先まで飛び出しかけたところで危《あや》うく呑《の》み込んだ。

——涙が出そうになるだろうが……。

圭吾は咳払いをした。

「おかあさんはヒトデの妖精だ。海辺で助けたが、あとで恩返しにやってきた。

そして、産まれたのが――おまえだ」

「おまえだ、じゃねえよ」

睨みつけられた。

「うむ、父を、もっと睨むといい。この父を見つめるのだ。ほれ、その熱い眼差《まなざ》しで凝視《ぎょうし》してもいいんだぞ？」

「……変態か」

梨奈は憤然と自分の部屋へ戻っていった。

圭吾は、がっくりと肩を落とした。とっさのことで、居直りの方向を間違えた。バカと思われてもいい。が、軽蔑《けいべつ》は困る。

そこへ、優香から電話がかかってきた。

「どうした？　こっちは、まだ見つかってないぜ？」

「依頼人の奥さんから、電話で連絡があったのよ」

「あ？」

優香の話によれば、夫の高齢を理由にバイクから遠ざけたいという。

「だから、再生しないでくれって？」

「そうなの」

「けど、まだ免許返納の歳でもないんだろ？」

「それでも、奥さんとしては心配なのよ。車ならともかく、タイヤが二つしかないから、よけいに危ないって怖がってるの。なんでも前にもバイクで転んだことがあるらしくて……」

「補助輪でも付ければどうだ？」

「バカ。真面目に考えて」

「んん……」

真面目に考えてみた。

「子供はいないのか？　家族そろって諫《いさ》められれば、頑固な爺さんでもさすがに考えるんじゃないのか？」

「息子さんはいるんだけど、結婚して都会のマンションで暮らしてるのよ。お年寄りの夫婦だから、もし夫の身になにかあったらって、不安でしかたがないらしいわ。ねえ、どうしよっか？　お父さん、一度引き受けた仕事だから、本人の同意もなく中止することはできないって……」

「いや、おれに相談されてもな」

ただの下請《したう》けなのだ。

「お父さんもバイクのことしか考えたくない人だしね。お客さんの家庭に首突っ込むのも面倒だから、圭吾さんに丸投げしたって」

丸投げといいやがった。

「あのオヤジ……」

心の中で罵《ののし》ってみたものの、昔から世話になっている人だから、圭吾も無下《むげ》には拒絶できない。

「なんか考えてみるさ」

肝心《かんじん》のパーツが見つかるかどうかさえ、まだわからないのだ。

「うん、よろしくね」

通話を切った。

圭吾は、ふと両親のことを思い出した。

あたりまえだが、圭吾にも両親はいる。

しかも、ふたりとも健在であった。

老夫婦の年金暮らしだが、贅沢さえしなければ生活に不自由はない。国民年金だけなら頼りないが、厚生年金ももらっている。バブル景気の罠《わな》を無事にすり抜けた勝ち組であった。

電話をかけてみた。

『なんだ？　圭吾か？』

「なあ、車がない生活って寂しくないか？」

『あ？　免許は自主返納したぞ』

両親は実家を処分して、市の再開発事業で建てられた高齢者用マンションに引っ越していた。駅やバス停が近く、ショッピングセンターにも歩いていけるから、移動も買い物も困らないという。

意地でも息子の世話にはなりたくないらしく、いざ介護が必要となればプロに頼むつもりだという。

強がりなのか、よくわからない。

「そうか。母さんも、そのほうが事故の心配もなくて安心だな」

『それで、なんの用だ？』

「ん？　あー、ああ……」

『まさか、そんなことを訊くために電話してきたのか？』

「まあ、な」

『そうか？　わかった。もういい。じゃあ、切るぞ。たまには顔を見せてくれ』

「わかった」

『おまえじゃない』

孫娘に会いたいのだろう。

「……わかったよ」

圭吾は通話を切った。

とたんに、あるアイディアが閃《ひらめ》いた。

「そうだ。Ｃ65をサイドカーにすればいい」

三輪なら安定性も高く、カブならスピードも出ない。案外、伴侶《はんりょ》もサイドカーが気に入って、夫婦でバイクを楽しめるかもしれない。

それさえもダメならば、年数を区切って、免許返納すればいい。そのころには、老人の息子夫婦が郷里に戻ってくると優香から聞いていた。

圭吾はスマホの住所録を開き、ハンターカブの若者に電話をかけた。C65用のサイドカーを作ってもらうためだ。カブ主同士として、あのとき連絡先を交換しておいたのだ。

学生の工作なら、製作コストも抑えられるだろう。老人支援の実証実験モデルとして有益なデータもとれるかもしれない。

『面白そうですね。いいですよ』

好青年は快《こころよ》く引き受けてくれた。

優香にも連絡を入れて了承を得た。

「やれやれ……」

こうして、圭吾の仕事はひとつ片づいたのであった。

6

ゆるやかにうねる峠《とうげ》の下り坂であった。

――今日こそ突き止めてやる。

圭吾は仕事を放り投げ、梨奈のクロスカブを追跡中だ。

分岐《ぶんき》の限られた山道だから、バイクの尾行《びこう》は難しくなかった。これでもプロなのだ。すぐに見つかるようなヘマはしない。場合によっては、先行して尾行するという高等テクニックを披露《ひろう》してもよかった。

下りだから、圭吾はスロットルを抑え気味にしている。クロスカブは、ふたつ先のカーブを曲がっているはずだ。シフトダウンのたびに元気よくまわるエンジン音が耳に届いた。

梨奈は、大学にむかっているわけではない。

市街地東部にある高原国定公園へむかっているのだ。

農地用の大池を中心に観光地化され、美しい緑に囲まれた〈自然に憩《いこ》うファミリーパーク〉だ。若い娘がひとりで浮き浮きしながらむかう場所ではない。

男の匂《にお》いがした。

デートにちがいない。

年頃の娘である。男に興味があっても、むしろ自然ではないか。娘のデートを邪魔するつもりはなかった。

だが、父として、付き合う男の品定めくらいはしてもよいのではないか？ろくでもない男なら、身体を張って引き離さなくてはならない。もちろん、暴力沙汰は娘も嫌うだろう。この世の中、暴力で解決できることは少ない。娘を理解する父が、拳《こぶし》にモノをいわせるはずがない。

圭吾は探偵なのだ。

素行調査は手慣れたものだ。あら探しも得意だ。なあに、完璧な男などそうそういてたまるか……。

後方から甲高《かんだか》い排気音が迫ってきた。

大排気量ではないが、なかなか勇ましい音であった。

バックミラーを見る。

フルカウルの速そうなバイクが、たちまち追いついてきた。

ホンダNSR50だ。

バブル時代に流行《はや》ったミニレーサーレプリカであった。

——懐かしすぎるぜ。

圭吾の口元がほころんだ。

八〇年代の半ばから十年ほど、世界のサーキットで活躍する怪物レーシングマシンを模したミニレーサーレプリカというジャンルが存在した。

他社が先鞭《せんべん》をつけたミニレーサーレプリカは、あくまでも雰囲気重視の疑似《ぎじ》レーシングマシンであったが、NSR50は〈走りのホンダ〉が妥協《だきょう》を許さずに開発した本気のマイクロレーサーであった。

最高速度は毎時九〇キロを超え、コーナーリングにも優れている。水冷2サイクル単気筒エンジンを搭載し、最高出力は10000回転で7・2PS。カブ110の半分に満たない排気量で、ほぼ同じ馬力を絞り出す。

車重は八七キロ。

圭吾のカブより軽量だ。

だから、バカみたいに速い。

スピードをゆるめれば、勝手に追い抜くであろう。

だが、妙であった。

カブを抜くどころか、ぴたりと背後についてきた。

「おい？　危ねえぞ？」

ＮＳＲ50は接触寸前まで迫り、あきらかにカブを煽《あお》っている。

とんでもないバカである。

煽り運転が社会問題化し、新道路交通法での処分も厳しくなった。これが人生と引き換えにしかねない愚行《ぐこう》だとわかっているのか？

ライダーは黒ずくめであった。

黒いシャツに黒いスラックスだ。黒いフルフェイスのヘルメットをかぶり、スモークシールドで顔を隠していた。

ライディングの荒さからして、歳は若そうだ。

どんっ、とカブの尻を突っつかれた。車体が暴れたが、圭吾はすぐに立て直す。

下りのカーブで追突されれば、こちらはひとたまりもない。なんのつもりだ、と肚《はら》の底から怒りが涌いた。

「だが……いまは小僧と遊んでいる暇はねえ」

アクセルを開いた。

下り道でカブは加速する。

ＮＳＲ50も追撃してきた。

先行する娘のクロスカブに追いつくわけにはいかない。かといって、NSR50から逃げ切るのは難しい。

ならば――。

急カーブに差しかかった。

カブはぎりぎりまで突っ込んでからブレーキする。NSR50が、性懲《しょうこ》りもなくぶつけようとする。強引なシフトダウン。圭吾は後輪をロックさせた。カブの尻が外へ滑り、NSR50の攻撃は不発に終わった。

中華タイヤは、よく滑る。

尻のスライドが止まらない。

シフトダウンしたせいで、後ろのタイヤは激しく空転している。二輪でドリフトだ。巧《たく》みにバランスをとって、圭吾は転倒を避ける。が、NSR50に横っ腹をむける形になった。

NSR50は嬉々として突進してきた。

狂気さえ感じる暴挙だ。

圭吾は、あえてスライドさせたのだ。

カブの鼻先を脇道にむけるためだ。さんざん走り回って、このあたりの山道はすべて知っている。

タイヤをグリップさせ、カブはするりと脇道へ逃げ込んだ。

NSR50の突進をかわした。

しかし、急カーブの途中だ。NSR50はブレーキも間に合わず、派手に尻をふりながら道路を飛び出した。

幸運にも崖下《がけした》に落ちることはなかった。

下り道も終わり、すぐ下には水田がひろがっている。とはいえ、落ち方が悪ければ首の骨くらいは折っているかもしれない。

「……生きてるかな？」

救急車だけは呼んでやることにした。

7

「ぬう……」

圭吾は、公園の木立《こだち》に隠れてうなった。

背中にイヤな汗が噴いている。

国定公園の駐車場に、梨奈のクロスカブはあった。その隣に見覚えのあるハンターカブを見かけたとき、悪い予感はしていたのだ。

果たして、それは的中した。

池のほとりにあるベンチだ。

梨奈が、廃車置き場で清水義男と名乗った青年と座っていた。弁当をひろげ、仲良くわけあって食べている。

――この父にも作ってくれたことがない弁当を！

憤怒と嫉妬《しっと》が父の魂を焼き焦がす。

あの好青年が、娘のボーイフレンドであったのだ。

殴り込むべきか？

それはできない。できるはずがない。

格安でサイドカー製作を頼んだ一件もある。圭吾はひとつ借りがあるのだ。殴るわけにはいかない。そんなことをすれば、梨奈には嫌われ、優香にも怒られる。

ふたりに見捨てられてしまう。

奥歯が軋《きし》んだ。

胃も痛い。

――まあ、悪い男ではなさそうだが……。

しぶしぶながら、嫌々ながら、彼と娘との付き合いを認めるべきかどうか、と圭吾は懊悩《おうのう》を深めるばかりであった。

山の蟬《せみ》が、ジジイ、ジジイと鳴いていた。

夏は若者たちの季節なのだ。

第三速（サード・ギア）

1

閉店の時間が迫っていた。

喫茶店〈シングル・カム〉では、アイスティーとクッキーを挟んで、ふたりの女たちが密談に興じている。

優香と梨奈だ。

「次の土曜ね」

「土曜です」

梨奈は、大学の先輩とデートを予定しているのだ。

「で、圭吾さんに尾行されたくないと？」

「そうです」

「ふんふん」

年頃の女の子である。好きな男ができても不思議はない。名前は清水義男。ハンターカブが愛車という渋い大学三年生だ。

梨奈が店に連れてきたから、優香も会ったことがある。

笑顔の爽《さわ》やかな好青年であった。

父の圭吾は、ひとり娘を溺愛している。外野から見ても暑苦しいほどだ。

そんな父親の常として、娘に近寄る悪い虫には神経を尖らせていたが、夏ごろに義男との交際がバレてしまったらしい。

どういうわけか、圭吾は力ずくで男を排除する手段に出なかった。娘に嫌われたくないせいもあっただろうが、義男には仕事絡みでカブのサイドカーを製作してもらった借りがあるからだ。

それでも、全面的に交際を認めるほど甘い親バカではない。父親の権利を理不《りふ》尽《じん》に主張し、娘のデートに同伴したがった。

梨奈は、これを全力で拒否する。

圭吾は、こっそり追跡してくる。

こうして、この父娘は互いの思考を裏の裏まで読み合いながら、市内で愉快な鬼ごっこをしているらしいのだ。

「なので、優香さんに助けてもらいたいのです」

「つまり、圭吾さんをデートに誘えと？」

「それそれ。それです」

梨奈は、ぱちぱちと手を打って喜んだ。

「ふうん……」

優香としては、まんざらでもない。

むしろ、望むところであった。が、小娘のデートに利用されて、浅ましく飛びつくのもどうだろうか……。

「でも、ずいぶん前にデートの約束はしたんだけどねえ。もう秋口だっていうのに、すっかり忘れてるんじゃないかな」

「そこは押しの一手で」

「押せばいいのかな？」

「身体は大きくても、女の押しに弱い父です」

「あはは、そうなんだ」

「えー、優香さんも知ってるでしょ？　だって、お父さんが学生のころから、ふたりは知り合いだったんだから」

「まあ、ね」

くくっ、と優香は喉《のど》を鳴らした。

「いいよ。わかった。圭吾さんのことは任せなよ」

「さすが優香さん！　大好き！」

「あら、ありがとう」

梨奈は、にっ、と眼を細めて笑った。

「あたしね、優香さんなら新しいママになってもかまわないよ」

「あら……」

優香は眼を丸くした。

二十も年下の小娘の言葉で、不覚にも頬が火照《ほて》る。圭吾は昔から好きだが、子供にからかわれるほど物欲しげな顔をしていたのだろうか。

ちがう。

優香は、はじめから隠していない。

ただ、ひたすら圭吾が鈍《にぶ》いだけのことだった。

「圭吾さん、団地にいるの？」

「お仕事で三日も帰ってないよ。今夜ケリをつけるとかメールがきたけど」

「だから、こんな時間までゆっくりしてるのね」

「うん、でも、もともと門限には煩《うるさ》くないから」

「先輩も子離れできないくせに、そのへんはユルいのね。自分も学生時代は夜遊びしてたんだから、娘に押しつけることができないのかな」

「ですです」

激しくうなずいてから、ふと梨奈は思いついた顔をした。わずかに目元を伏せる。ちょっとだけ大人っぽい仕草を見せた。

「あの……訊いてもいいですか？」

「ん？　なあに？」

「どうして離婚したの？」

そこを攻めてくるとは予想外だった。

優香は、にっこりと笑った。

「選んだ夫がクズだったからさ」

「え？　どうしてクズと結婚したの？」

ぐいぐい攻めてくる小娘だ。

「若いころはねえ、子供っぽいクズと大人になりきれないバカの区別がつかなかったのよ。梨奈ちゃんも気をつけようね」

「……うっす！」

梨奈は、しおらしく頭を下げた。

そして、可愛らしい上目遣いで質問を重ねてきた。

「じゃあ、お父さんは？」

「あれはね、バカのほう」

「ですよねー」

2

――歳にみがかれるおとなになりたい。

永井真理子《ながいまりこ》は、九〇年代にそう歌ったのだ。

チェンジ・マイ・ハート。

だがしかし、加齢という研磨剤《けんまざい》は体力を摩耗《まもう》させるにしても、心までは磨《みが》いてくれない。大人になるとは、そんなものだ。鍛《きた》えるにせよ、衰えるにせよ、それは本人次第であった。

圭吾は、市街地を彷徨っていた。

家出娘を捜しているのだ。

スマホで時刻を確認すると、すでに深夜をまわっている。

探偵の仕事は興信所と変わらない。

興信は『信を興《おこ》す』と書く。信用を調べることを意味するらしい。探偵は『偵が探す』。人の様子をうかがって探るということだ。つまり、身元を調査したり、秘密を暴いたりするだけであった。

圭吾に探偵稼業を仕込んだ男は、暇があると、そんなどうでもいいようなマメ知識を披露していた。

心の底からどうでもよかった。

世間がバブル景気で浮かれていた時代の末期に、その男は探偵の看板を掲《かか》げた。日本で私立探偵に営業許可はいらないからだ。

事務所は実家の喫茶店であった。

圭吾は高校時代に、そこで探偵助手のバイトをしていた。だから、大手の興信所で働いた経験はなかった。

足で稼ぐ個人営業は、いまどき流行りもしない。全国に支社があり、ネットワークとデータベースを駆使する大手業者に敵《かな》うはずもなかった。

かといって、いまさら飼い犬にはなるつもりはなかった。

圭吾のネクタイは首輪ではないが、まっとうな社会人のふりをしたいだけの仮装だと自覚していた。

野良犬は、野良犬の仕事をするだけである。

路地裏をうろつき、臭《くさ》いところを嗅《か》ぎまわった。

家出娘は女子高生だ。

村上比奈《むらかみひな》という。

家庭事情に問題アリ。母ひとり、娘ひとり。だれが父親なのかわからず、母親には結婚歴さえなかった。

依頼人の母親によれば、本気の家出ではないという。市内にいるはずだ、と。ならば、無断外泊が一週間つづいているだけだ。

親の責務を放棄したひどい母親だ。

娘の教育に関心はなく、放し飼いである。捜索を依頼したのも、娘と連絡をとる必要ができたからだという。詳《くわ》しい事情は聞いていない。余所《よそ》さまの家庭に興味はなかったからだ。

だが、依頼は引き受けた。

比奈は学校嫌いで、ほとんど通学はしていなかったようだ。とくに親しい友達もいないという。

そのあたり、母親と似ているようだ。

調査資料として、圭吾のスマホに画像がコピーされていた。美少女だ。天然の茶髪を肩まで伸ばしている。歳は十七だが、すでに未成熟な少女から脱した冷ややかな眼差しをしていた。

目鼻の造作は際立ち、男ウケのする顔立ちである。同性のクラスメイトからは、さぞや嫌われるタイプだろう。

この数日間、圭吾は歩きまわった。

どこで遊んでいるのか？

どこに泊まっているのか？

地方都市で、遊べる場所はかぎられている。ましてや、大人びているとはいえ未成年が気軽に泊まれるところなど……。

繁華街を中心に捜《さが》した。

市街地には、私鉄とJRの路線が並行して敷かれている。私鉄の東口ロータリーが表の顔であったが、両駅のあいだに大型ショッピングセンターのビルが並び、市外の社用客を目当てにしたガールズバーがひしめいていた。

ガールズバーが多いのは、昔から性産業に厳しい土地柄だからだ。年齢チェックさえ上手《うま》くパスできれば、身体を売らずに小遣い稼ぎができる。

聞きまわったところ、比奈らしい少女はいないようだ。

風俗関係に詳しく、アンダーグラウンドの店舗にも通じた知り合いにもあたってみたが、目ぼしい情報は入手できなかった。

深夜営業のバーも虱潰《しらみつぶ》しにまわった。

チェーン系の居酒屋はともかく、個人経営のバーであれば顔馴染みのオーナーが多い。客も回遊魚のように店から店へと飲み歩く習性があった。目撃情報があれば、そこからたぐればいい。

ようやく、ある店のバーテンが比奈らしき美少女を見たと教えてくれた。バーテンはホンダのＤＪ・１をこよなく愛するナイスガイだ。

比奈は、柄の悪い若者と飲み歩いていたらしい。その若者たちがホームにしている店の場所もわかった。

繁華街から少し外れたところだ。

圭吾は直行した。

貸店舗で、昨年に開店したばかりらしい。

店の前には、ヤマハのシグナスXとトリシティが停まっていた。125ccのスクーターばかりである。

店のドアを開く。

ぢりん、と耳障《みみざわ》りに呼び鈴が鳴った。

レゲエミュージックのゆったりしたリズムに混ざって、

「いやっ！」

と少女の悲鳴が聞こえた。

「……タイミングは悪くなかったか」

店の中は薄暗かった。顔色の悪い男客でも、肌が荒れた女客でも、そこそこに見栄えのする光量に落とされている。

狭苦しいほどではないが、広々とした店内ではなかった。奥にカウンターがあり、手前はテーブル席が並んでいた。ダーツバーというものなのか、ダーツのゲーム機が二台あった。

圭吾は、カウンターにむかって大股で歩いた。

剣呑《けんのん》な視線が集中した。

「悪いが、もう店じまいだ」

店主らしき男が、煩《わずら》わしげに声を投げてきた。

三十歳前後。ロン毛をポニーテールにした痩《や》せ男だ。バーなのに、なぜか酒屋のような前掛けをしている。

「酒はいらない。バイクなんだ」

「じゃあ、出ていってくれ。これから内輪のパーティーだ。外の看板が消えてるのを見なかったのか？」

圭吾は答えず、カウンターへの歩みも止めなかった。

他にも男がふたりいた。

ひとりはドレッドヘアの大男。店主よりは少し若そうで、やや肥満気味だ。力はありそうだが、身のこなしは鈍いだろう。

もうひとりは、頭の両サイドを刈《か》り上げた若い男であった。歳は二十あたりか。中背ながら、ラグビー選手のように横幅のある体格で、よく発達した大胸筋のせいで腋《わき》の下が締まっていなかった。

女子高生は、カウンターの左隅にいた。

ショートパンツをはき、太腿《ふともも》を惜しげもなくさらしている。男から借りたのか、サイズが合ってないアロハシャツを着ている。胸元のボタンが飛んでいるのは、まさに乱暴をされかかった証拠かもしれない。

とんだパーティーだ。

圭吾は眼を細め、さらに少女を観察した。

大きくて、よく光る瞳が、こちらを見つめ返している。警戒、理解、諦観《ていかん》。珍しい組み合わせではなく、どこか投げやりな空気をまとっているが、それでも底まで落ちた者の穢《けが》れは感じられなかった。

間違いない。

彼女が村上比奈だ。化粧をしているようには見えないが、未成年とは思えないほど大人びていた。

「それだ」

「なんだ?」

ドレッドヘアの大男が聞き返した。

「その娘《こ》を捜してた。母親から頼まれてな。君たちの楽しみを邪魔して悪いが、若い衝動はおうちに帰って処理してくれ」

比奈の眼が嗤《わら》った。

母親に対してか、バーの三人に対してか、圭吾に対してか……。

どれでもよかった。

「警察か？」

店主が用心深く訊いた。

「探偵だ」

ラグビー体型の男が鼻を鳴らした。

「だから、なんだ？」

「この娘は連れて帰る。いいな？」

「おっさん、なにイキってんだ？」

ドレッドヘアが威嚇《いかく》してきた。

「あのな、おれたちは、この女にずいぶん金使わされたんだ。メシをおごって、スイーツをおごって、他にもいろいろだ。親切だからと思うか？　下心に決まってんだろ？　この女だって、わかってんだよ。だったら、なあ、そろそろ身体で返してもらってもいいだろうが？」

下心はわかる。

だが、こちらも仕事であった。

「表のスクーターは、君たちのか？」

「だったら、なんだ？」

マスターは戸惑《とまど》った顔をした。

「昔な、ホンダがカブを大ヒットさせたことで、ヤマハも後追いでメイトという原付を販売したんだ。スタイルもエンジンも遠心クラッチも、なにもかもそっくりだ。ホンダの特許に抵触せず、独自に工夫しているが、真似《まね》は真似だ」

「あ？」

ラグビー男の眉に苛立ちのシワが寄る。

圭吾は蘊蓄《うんちく》をつづけた。

「でも、ひとつ評価できるところがある。定番のチェーン駆動ではなく、車と同じドライブシャフトを採用したところだ。後追いとはいえ、ヤマハにも技術屋の意地があるってことだな」

「なにいってんだ、このおっさん？」

ドレッド男が珍獣でも見るような眼をした。

三人とも正常なリアクションだ。

圭吾がまともではないのだ。

「うん、つまり、おれはな、ちいと不機嫌なんだ。彼女を捜して、もう三日も娘の顔を見てないからな。だから、なんだ、はやいとこ仕事を済ませて帰りたい。君たちを説得するのも面倒だ。——な？　わかれよ？」

「わ、わかるか！」

それもそうだ。圭吾にもわからない。探索から格闘へ、他愛《たあい》もない世間話で意識を切り替えたかっただけだ。

話し合いで穏やかに解決できたのかもしれない。比奈が未成年だと教えてやれば説得できたのかもしれない。

しかしながら、三人が信じるかどうかは別だ。

バーの三人も面倒になっていたのだろう。邪魔者をたたき出して、少女からの取り立てに戻りたかったにちがいない。

「おら、出ていけよ！」

大男のドレッドがむかってきた。

圭吾はボックス席の椅子を蹴り転がす。それだけで、店内では動きが制限され、ドレッドの足が止まった。

ラグビー男が突進してきた。頭から圭吾の脇腹に突っ込んできた。衝撃で肋骨《ろっこつ》が軋《きし》んだ。膝を突き上げると、ラグビー男のあご先を捕えた。鼻血を噴きながら、ラグビー男は尻餅《しりもち》をついた。

「このヤマハ党が！　イキんなら、Ｆ１で勝ってからにしやがれ！」

「し、しるか！　最近のロードレース世界選手権《MotoGP》はホンダに勝ってんだよ！」

「るせえ！　だからだよ！」

ただの八つ当たりである。

「ンざけんな！」

前掛けのマスターも怒りの形相《ぎょうそう》でかかってきた。

カウンターに戻ってナイフを持ち出さないところが気に入った。マスターは半身になって腰をひねった。片足が思ったより鋭く跳ね上がった。

圭吾はしゃがみ込んだ。

マスターの蹴りは頭のてっぺんを掠《かす》める。圭吾の額《ひたい》に拳がぶつかった。ドレッドの拳だ。脳が揺れたが、それだけだ。横倒しになった椅子が邪魔で、そのぶんドレッドの腰が引けていたせいだ。ラグビー男が立ち上がり、ふたたび頭から突っ込んできた。これは圭吾も避《よ》け――。

暴力沙汰は数分で片づいた。

それ以上は中年の体力がもたない。

三人の男たちは、床に転がって、苦しそうにうめいている。圭吾も無傷ではない。口の中が鉄臭かった。血の混ざった唾を吐く。行儀は悪いが、自分が床を掃除するわけではない。

少女に声をかけた。

「さあ、いくぞ？」

拒否されたら、圭吾も途方に暮れるところだ。傍目《はため》には未成年の少女を拉致《らち》する不審者にしか見えまい。性悪《しょうわる》の女の子であれば、外に出るなり大声で叫んで被害者アピールするであろう。

「いいよ」

素直な返事だった。

圭吾は心の底からホッとした。

3

「あんた、ママの新しい男？」

バーを出ると、比奈が訊いてきた。

「ただの探偵だ」

「でも、ママから頼まれたって嘘でしょ？　あの人、そんな人じゃないし」

「嘘じゃない」

「ふうん、なんか用でもあるのかな。子供のことなんて放ったらかしで、うちに帰らなくたって気にしない人なのにさ」

探るような眼を圭吾にむけた。

「知らん。君のママに訊け」

「うん、まあいいや。バイクって、どれ？」

「眼の前にあるだろ？」

「え……」

比奈は眼を見開いた。

初めて見せた歳相応の幼さだ。

圭吾は、店の前に停めておいた愛車のカブを顎先で示した。文句あるかとばかりに大人げなく睨みつける。

原付二種は二人乗りを許可されている。事前にビジネスボックスを外し、荷台の上にクッションを敷いていた。クッションは自転車用のキャリアロープで固定だ。見栄えは悪いが、荷台で直に座るよりは尻が痛くならない。

「スクーターじゃん」

「スクーターじゃない。ホンダのスーパーカブだ」

「スクーターなんて、みんな同じじゃん」

「同じじゃない。カブだ」

圭吾は意地を張り、少女は呆れ顔をした。

「よくわかんないけどさあ、これで二人乗りするの？　かっこ悪いからヤダ。あたしタクシーで帰る」

「タクシー代はもらってない。まあ、安心しろ。こんなこともあろうかと、予備のヘルメットは持ってきてる」

圭吾は二人乗り用のステップを左右とも倒すと、メットホルダーのロックを解除して、フルフェイスのヘルメットを少女に渡した。

自分の半帽タイプは、ハンドルの端に引っかけてある。

「これ、かぶるの？」

ヘルメットを受けとったが、比奈は不満そうだった。

「なんか、おじさんの臭いがしそう」

「新品だ」

「あ、でも、ヘッドセットがついてるんだ」

マイクとスピーカーをセットにしたものだ。スマホと無線で接続し、運転しながら通話ができる便利グッズだった。

圭吾のヘルメットにも仕込まれているが、娘とツーリング中に会話を楽しもうと夢見て二セット購入したのだ。

ところが、娘には受けとりを拒否されてしまった。そもそもツーリング自体を拒絶されている。悲しい想い出であった。

「いいよ。このスクーターで帰ってあげる。でも、後ろに乗ってるだけじゃ退屈だから、なにかお話ししてよ」

「お話だと？」

圭吾が戸惑っていると、比奈はヘッドセットのスイッチをＯＮにして、自分のスマホとの接続設定まで手早く済ませてしまった。現代の子供は、ハイテク機器への順応力が高い。

「おじさんの番号教えて」

「う、うむ……」

スマホの番号を教えた。妙なことになったが、乗る気になってくれただけでも助かるというものだ。

少女が荷台に乗ると、圭吾はカブを発進させた。

夜風は涼しく、そろそろ肌寒いほどだった。

江戸時代の石垣が残る公園の脇道を通り抜けて、国道へと出る。全国チェーンのスーパーと大型書店のあいだを走り、まっすぐ南下した。夜中だけに交通量は少なく、のんびりと走ることができた。

『ねえ、おじさん、娘いるんだ？』

安かったわりに、音質はクリアだった。

「お、おう……」

『じゃあ、結婚してんだ』

「娘とふたり暮らしだ」

『あたしと同じだ……』

しばらく会話は途切《とぎ》れた。

『さっき、ママに訊けっていったでしょ？』

「ああ、気を悪くしたか？」

『そうじゃなくて……』

「ん？」

『あたし、ママがわからないの』

「おれも娘のことはわからん」

『親子なのに？』

「親子でもだ。おれが男だからかもしれんがな」

『女同士でもわかんないよ』

「そうか。励《はげ》まされるな」

　圭吾は、ふと訊いてみたくなった。

「ママが嫌いか？」

　そうでなければ、男にたかって外泊をつづけることもないだろう。

『ううん……あの人がわからないだけ』

「わかりたいのか？」

『うん、わかるんだったらね』

「話してみてわからなければ、相手にしないほうが平和だ。だが、そうもいかないときには暴力沙汰になることもある」

『うわ、ＤＶの人だ』

「娘に暴力はふるわない。ぜったいだ」

『そうなんだ』

くくっ、と少女は喉を鳴らした。

すぐに笑い声は消えた。

『……こんな街、つまんないな』

「つまらないと思うんだったら、自分で面白くすればいい。考えるのは面倒だが、その面倒も楽しみのうちだ。まわりを見まわして、少しでも面白いことを見つける。けっこう転がってるもんだ。もしなければ、自分で作ればいい」

都会からのリターン組は決まってボヤく。

地方には、なにもない。

退屈だという。

そうかもしれない。

退屈とは、面白くないということだ。刺激がないということだろう。だが、その刺激になんの意味があるというのか。人が用意した娯楽が面白いのか？　そんなものは、すぐに飽きる。

楽しむ気になれば、どんなことでも面白いものだ。

『それ説教？』

少女の声は尖っていた。

「そうだな。説教だ」

流通やネットワークが発達した時代だ。よほどの僻地《へきち》でなければ、いまや地方で手に入らないものはない。

退屈なのは、その人が退屈な人間だからだ。

そして、圭吾は退屈な人間だ。

だが、退屈を知り、それを楽しむことを知っていた。少なくとも地方には、カブが存分に走れる道があるのだ。

考えてみるといい。

都会では、たったひと駅の移動で一四〇円かかる。一リッターで六〇キロ走るカブ110であれば、同じ金額でどれほど遠くへいけることか……。

『誰のための？』

「おれのためだ」

戸惑いがヘッドセットから伝わってきた。

『説教って、大人が子供にするもんじゃないの？』

「大人の説教に意味はないぞ」

『そっかー』

少女は、ふたたび喉を鳴らした。

くくっ、くふふっ、と今度は十秒ほどつづいた。

圭吾の背中に、比奈がヘルメットをぶつけてきた。なんのつもりか、ぎゅっ、と後ろから抱きついてくる。

『おじさん、運転が上手《うま》いね』

「そうかい」

『優しいエンジンの音……これ、なんてスクーターだっけ？』

「カブだ」

『カブかあ』

「スクーターじゃない」

『うん、わかった。かっこ悪いけど、けっこう好きかも』

圭吾は学生時代のことを思い出した。

昔、こうして二人乗りして、同じようなことを話していたのだ。そのときは、まだ高校生だった妻がハンドルを握っていたのだが……。

ちら、とバックミラーを覗いた。

夜の闇は嗤わないが、少女は笑っていた。

いまを生きているからだ。

4

高級マンションであった。

街の外れに建てられ、畑の中に寂しく屹立《きつりつ》している。景観がいいはずはない。前世紀に土地の値上がりを見越して投資され、見事に目論見《もくろみ》が外れて不良債権となった物件なのだ。

築二十年は経っている。大胆に価格を下げ、売れ残りは賃貸にまわし、それでも多くの部屋は空いているようだった。

「ご苦労さま。はい、報酬よ」

「現金とっぱらいとは助かるね」

圭吾は、礼金入りの封筒を中身もたしかめずに懐《ふところ》へしまった。指先に感じた厚みからして、そこそこの収入である。

比奈は、母親に挨拶すらせず自分の部屋へ消えていた。

依頼人とふたりきりである。

居間にテレビはない。ふかふかの絨毯に黒革張りのソファ。キャビネットには洋酒が押し込められている。女のセンスではなかった。しかも、ご年配の埃っぽさが漂っていた。

「じゃあな」

圭吾はソファから立ち上がった。

「もう帰るの？」

村上薫子が、物憂《ものう》げな眼差しをむけてきた。風呂上がりのタイミングで圭吾たちは到着したらしく、しどけないガウン姿だ。おそらく、その中身は下着もつけていないだろう。

顔の造作がはっきりした美女である。

天然のブロンドは、まだ湿り気を帯《お》びて妖《あや》しく輝いている。褐色《かっしょく》の肌は水滴を弾きそうなほど張りつめ、高校生の娘がいるとは思えないほど若く見える。国籍も年齢も不詳であった。

「帰るさ。仕事は終わった」

「一杯どう？」

「バイクなんだ」

「昔から真面目ね」

「不良になった覚えはないからな」

「嘘ばっかり」

薫子はガウンの胸元をゆるめた。豊かな褐色の谷間が間接照明で艶《なま》めかしく輝く。

「ねえ、朝まで休んでいかない？」

「んん、いや……」

「いまさら、私に幻想なんか持ってないでしょ？」

「いまさら、な……」

薫子は、ヤクザの組長の情婦だ。

荒俣が若頭におさまっている組だ。

そして、薫子も荒俣も、学生時代からの顔見知りであった。

「男も女も、ただ流れていくだけ。国も年齢も関係ないわ。朝になれば、きれいに忘れてあげる。だから――」

「娘が帰りを待ってる」

「ほんと、昔からバカ真面目ね」

「まあ、な」

真面目な学生でもなかったが、不良ではなかったはずだ。

「あなたみたいに、わかりやすい人が、どうしてあんな女とくっついたのか……

私には、いまだにわからないわ」

「男にとって、女はみんなわからんよ」

「あの人は、女にもわからないわ」

「……ほんとうか？」

圭吾は疑わしそうに眉をひそめた。

「とにかく、もう帰る。おまえに手を出すのは物騒だ」

「あの人とは別れたわ」

圭吾は、ひとまずソファに尻を戻した。

「そうか。愛人稼業はやめるのか」

「だって、ひとりじゃ寂しいもの」

組長は服役中なのだ。

「この街から出ていくつもりか？」

なんとなく、そんな気がしたのだ。

探偵をやっていると、消えていく者の気配に敏《さと》くなるのだ。

「そうよ。だから、娘を呼んでもらったの」

「頼るあては？」

「荒俣がね、手切れ金をよこしてくれたの。組にお金ないのに、律義《りちぎ》な男ね。でも、助かるわ。しばらく、それでなんとかなりそう」

「その先は？」

「さあ……」

「どこに流れてくんだ？」

「どこに流れたところで、島国なんだしね。私のママもね、この国に流れてきたの。ヤシの実みたいにね」

「子供はたいへんだな」

「そのうち、あの子もわかるわ。親子なんだから」

「なあ、昔から気になってたんだが……」

薫子が街から出る前に訊いておきたかった。

気安く問うには微妙な案件だ。勢いをつけるために酒の力でも借りたかったが、ここはシラフで訊くしかないと覚悟を決めた。

「あの比奈って娘は……」

「あなたの子供よ」

圭吾は慌てふためいた。

「お、おれは……おまえとやってねえじゃねえか！」

「ふふ……」

「でも、まさか、あいつの子か？」

「さあ……」

　薫子は、荒俣の昔の恋人でもあったのだ。

　古い話だ。学生時代のことだ。薫子は、ただでさえ目立つ外見に、派手な美貌まで持っていた。本人が大人しくしようと思っても、まわりが放っておかない。とくに男はそうだった。

　しかも、薫子は性悪であった。

　荒俣がヤクザになると、荒俣を捨てて、なぜか組長の愛人になったのだ。

「だから、比奈が育つまでは、この街に残ってたんだと思ってたが……」

「厭《あ》きたの。ただそれだけ。もう、うんざり」

「そうか……」

　今度こそ、圭吾は帰ることにした。

　愛《いと》しい娘が待つ団地へ。

「そうだ。赤木が、あなたを逆恨《さかうら》みで狙《ねら》ってるから気をつけてね」

「逆恨み？」

　圭吾は困惑した。

赤木とは誰だ？

「春ごろ、あなたが殴り倒した人がいたでしょ？　プリウスを運転してた坊やよ」

「……だっけ？」

荒俣の頼みで、盗難プリウスを捜索していたときのことだろう。チンピラに難癖をつけられ、つい殴り倒したことがあった。

圭吾は、すっかり忘れていたが——。

5

マンションを出ると、秋の夜風が心地よかった。

圭吾はカブにまたがった。

ヘルメットをかぶる前に、ふと夜空を見上げた。

風に乗って、アコースティックギターの音色《ねいろ》が聞こえた。ジャンルはわからない。どこかで路上ライブをしているのだろう。

企業城下町として興隆し、四十万人もの人口を抱えることになった県内一の中核都市だ。山に囲まれた盆地で、工場がなければ交通網も整えられず、歴史的な名所にも乏《とぼ》しく観光地にはむいていない。

文化果つる街だと地元民は自嘲《じちょう》するが、文化的にも発展させたい市は音楽だの演劇だのを精力的に誘致《ゆうち》していた。

だが、いくら振興を計画したところで、その土地にしっかりと根を張らなければ文化とは呼ばれない。

愛人稼業と同じだ。

きれい事だけではないのだ。

それでも、圭吾は知っていた。

音楽でも、演劇でも、地道に活動をつづけてきた者たちがいる。プロの栄光を求めずに、アマチュアに甘んじて地元に踏みとどまり、家族を養いながらも長年にわたってマイペースで活動しているのだ。

プロでなければ価値がないか？　素人でなければ、できないこともあるのではないか？　それはプロになれなかった者の負け惜しみか？

夢にむかって動かなかった者や、泥臭い生活のために働く者に価値はないのか？

ちがう。

金持ちだろうが貧乏だろうが、有名であろうが無名であろうが、生きること自体を楽しめれば、それは正義だ。安っぽい自己肯定《こうてい》であろうが、他人の評価に餓《う》える者は果てしない地獄の道を歩むのだ。

そういう価値観を、圭吾は知っていた。

それは人の生き方だからだ。

生き方にプロも素人もない。

大人になり、夢の形が失われただけだった。

圭吾も大人になったのだから——。

6

土曜であった。

公営団地の駐車場で、秋の〈ふれあい祭り〉が開催されている。

ブラジル焼肉のシュラスコや、コシニャというコロッケ屋台が並び、バザー、ダンス大会、ライブなどもやっていた。

文化振興財団や国際交流センターなどが主催し、各地の公営団地に住む在日労働者と地域住民の交流を目的としたイベントだ。

「うえ……」

赤木智久は、屋台で買ったガラナドリンクをひと口飲んで顔をしかめた。

アマゾン流域に野生するガラナの実を原料にしたガラナ飲料は、ブラジル国内ではコーラと並ぶ国民的ソフトドリンクだという。やや苦味があり、後味はジンジャエールと似ている。

――喉が渇《かわ》いていなきゃ、誰がこんな安っぽい飲み物なんか……。

サングラスの奥で、赤木の眼が凶悪に光っていた。

駐車場の端に主催者のテントが設営されている。その裏手に、作業着姿の若いカップルがいた。ボランティアで参加していたのであろう。祭りがはじまったことで、ひと休みしているのだ。

カップルの男は、スペインギターを抱え込んで演奏していた。なんと日本の『さくらさくら』をアレンジしている。

さくら、さくら、やよいのそらは――。優美なメロディが、南米風の情熱と哀愁に染められていた。

その音色は、甘く、激しく、奇妙なほどに明るい。

思わず聞き惚《ほ》れそうになったが、男のほうは赤木のターゲットではない。少年のようなショートヘアの女であった。

南原梨奈だ。

「可愛い娘じゃねえかよ」

赤木は、薄い唇を舐めた。

梨奈は、器用な指先でスペインギターを奏《かな》でる男を、うっとりとした眼差しで見つめていた。好きな男なのだろう。惚れているのだろう。どうでもいい。赤木が、これから拉致すべき女であった。

若い男と女のやることだ。イベントで気分を盛り上げてから、人の少ないところへしけこむにちがいない。

そのときがチャンスであった。

男は格好をつけて、女を助けようとするだろう。が、たいして喧嘩が強そうには見えない。軽く脅しつけてやれば逃げていくはずだ。あとは女を隠れ家に連れ込んで、役得を楽しませてもらう。

なんのために女を拉致するのか？

南原圭吾を脅迫するためであった。

あのふざけた探偵は、若頭の荒俣に命じられて、浮気性の薫子を尾行調査していたにちがいない。

赤木も命がかかっている。

組長の愛人である薫子と身体の関係を持っていた。薫子に誘惑されたのだ。いや、どうだったか。とにかく、いい女だ。何度か食事に付き合わされ、いつのまにか身体がからんでいた。

赤木は野心家だ。

薫子を利用して、組の中でのし上がろうと企んでいた。

――面白可笑しく生きて、なにが悪い？

だが、組長の愛人を寝取ったと知られれば、自分が殺されてしまう。

若頭は、探偵の調査結果を聞いているのか？

ならば、なぜ自分に処罰がないのか？

探偵は、まだ報告していないのかもしれない。間抜けヅラの中年だ。赤木と薫子がラブホテルに入った証拠画像を撮り損ねたのだろう。

あるいは、セコく調査料をせしめるため、まだ薫子の行跡を犬のように嗅ぎまわっているのかもしれない。

そうだ。そうにちがいない。

とはいえ、放置もできなかった。

殴られ、顎を砕かれて入院させられた。退院後、まず探偵にお礼参りをすると決めた。恥をかかされれば、何倍にしても返すのが極道だ。

南原圭吾を調べるのは簡単だった。若頭が雇ったのであれば、事務所のパソコンに記録があるかもしれないと考えた。普通に住所録に登録されていて、かえって赤木は驚いた。

赤木は、組長のバイクを黙って持ち出した。山道で圭吾のスクーターを襲った。

失敗した。単独で事故を起こしてバイクごと田んぼに落ちた。腕の骨を折り、病院へ舞い戻るはめになった。

それでも復讐を諦める気はなかった。

だが、正面から襲ったところで勝てそうにはない。

だから、娘を拉致することに決めたのだ。

――ちょっと一服してくるか……。

決行前に、煙草を吸って落ち着こうと会場を離れた。ヤクザと喫煙者には肩身の狭いご時世だった。

駐車場を出たところで、黒服の男たちに両脇をかためられた。

「え……」

「赤木ぃ、こんなとこで遊んでたのかよ」

「おう、若頭のお呼びだ」

組の者であった。

「あ、いや、ちがうんですよ。いま事務所に戻ろうかと……」

言い訳を並べかけた赤木の前に、若頭の荒俣が巨軀をゆらしてあらわれた。

「君ね、オヤジさんの大事なバイクを盗んだでしょ？」

赤木の顔から血の気が引いた。

「誰が、そんな……」

「薫子だよ」

「な……！」

赤木の顔が引きつった。

まさか薫子に裏切られるとは思っていなかったのだ。

「あのクソ女！」

「まあ、他にもいろいろやってくれたらしいよね。外国人労働者の違法斡旋《あっせん》とか、県外の大手と組んで盗難車をさばいたりとか……ねえ、うちの組じゃ、みんなご法度だよ。わかってて、やったんだよね？」

赤木は自棄《やけ》になった。

なにか罵声《ばせい》を投げつけてやらなければ腹がおさまらなかった。

「けっ、あの女はな、ラブホテルでおれと――」

「知ってるよ」

「は？」

「オヤジさんも薫子が浮気性の女だって知ってるさ。オヤジさんはね、そういう女が無性に好きなんだよ。知らなかった？　でもね、間男《まおとこ》は許せないよね。ほら、まあ、だからって、いまのご時世だしね。法を無視して暴れるヤクザなんて、ファンタジーの住人だよね。妖精さんと同じだ。いっそ可愛いよね。クリッパーで指を切っても、こっちが捕まっちゃうし、わざわざ殺す気もないから、ただの破門で済ませてあげるよ。ありがたく思ってよね？」

「あ……」

膝が溶けたかと思うほど脱力した。

命は助かったが――。

なにもかも失って、赤木は茫然《ぼうぜん》と座り込んでしまった。

7

国道を小一時間ほど南下し、風光明媚《ふうこうめいび》な湾に面した展望台に到着した。崖《がけ》の下では波が大岩に砕かれ、白い泡をまき散らしている。

東西の半島に抱かれ、沿岸一帯を国定公園に指定された海辺の街だ。

大人のデートスポットとしては悪くない。

海と山に囲まれた景勝地であり、県を代表する温泉街でもあった。マリンレジャーやテーマパークなどのリゾート施設が整えられ、温暖な気候に恵まれてミカン産地としても全国に知られている。

「いい風……」

優香は眼を細め、海からの風に髪をなびかせた。

圭吾は、どこか上の空だった。

展望台の駐車場に着くまでは、約束通りに貸し出されたカブC125の乗り心地を子供のように満喫していた男が――。

優香は、愛車のリトルカブで追いかけたのだ。

ボアアップキットを組み込んで50ccを180ccにしたエンジンを、より高回転までまわして20馬力を絞り出していた。上がったパワーに負けないようにフレームや足回りも強化し、極限まで軽量化している。

長年スーパーカブを触りつづけてきた父が、半世紀分の経験と知識を結晶化させてカスタムした自慢のリトルカブであった。

ノーマルのC125よりも速いはずだったが、優香は置いていかれないようについていくだけで精いっぱいだった。

鈍感で不器用な男のくせに、どうしてバイクに乗ると、あれほど繊細《せんさい》なライディングができるのだろうか……。

「どうしたの？　なにか悩み事？」

「ん、いや、あのカブ90をどうしようかと思ってなあ」

春先に当て逃げされ、スクラップ同然になったカブ90のことだ。まだ廃棄はされず、バイク屋の裏手に放置していた。

廃棄処分か、修理するのか……。

娘の梨奈は、半ば諦めているようだ。母親の想い出とはいえ、とっくに耐用年数を過ぎている。フレームは事故の衝撃で歪み、折れ、ひしゃげ、ひと目見ただけで手のつけようがないとわかるほどだ。

それでも、圭吾は悩みつづけている。

——あの人のこと、まだ忘れられないの……？

優香は、切ないため息を漏らした。

そのとき、圭吾のスマホに着信が入った。

「梨奈ちゃん？」

「いや……家出娘だ」

圭吾はスマホの画面を見て眉をひそめた。

「ん？　ビデオチャットだと？」

スマホの画面で互いの顔を見ながらリアルタイムに会話できる機能だが、世代によっては二十一世紀を実感できるらしく、優香の父など『おっ、テレビ電話か！』と激しく感動していた。

テーブルにスマホを置けば手放しで話せて便利だったが、近くにいる人に会話が聞こえてしまうことが難点だ。

「出ていいよ？」

「すまんな」

圭吾はフェンスに背中でもたれ、スマホの画面をタッチした。

『――あ、海だ。いいなあ』

少女にしてはハスキーな声だ。

誰かの声と似ている気がした。少女の顔もチェックしたかったが、こちらが覗くということは、むこうからも見えるということだ。

「ああ、海だ。いいだろ？　で、どうした？」

『うん……あたしとママね、東京にいくことになった』

「そうか」

『ママ、また新しい男を捕まえたしね。はは、よくやるよね。お金を持ってる人みたいだから、生活はだいじょうぶみたい』

「おう……ま、元気でな」

『うん、むこうでも家出するかもしれないけど、今度は捕まえにこないでね』

くすん、と少女は笑った。

「こっちも忙しい。余所の街まで手はまわらん」

『ふうん、つまんないの』

「どっちだよ」

『うん』

「うん、ってどっちだよ」

『あのね……ママ、ずっと出ていきたかったみたい。なのに、ジジイの愛人みたいなことして、ずっと住みつづけて……変な人だよね』

「大人の事情だ。しかたないさ」

『バーカ。おじさん、ここから出たことある？』

「年上をバカというな。あるよ」

『都会って、なにがあるの？』

「ああ……いっぱい人がいたな」

『それ、つまんない』

「いや、そういうことだ。今はな、たいていのモノは地方でも手に入る。家を出なくてもネットで注文すればいい。だけど、人はちがう。東京には人がいた。とても、たくさんいた」

それだけのことだ、と圭吾は繰り返す。人は多いが、大事な人はいなかった。だから、おれは地元に帰った。

そういうことなんだ――と。

「いいか？　世の中を否定して、社会を否定して、人間を冷笑して、なにか世界の真実がわかったような気になった人間にだけはなるな。その先には、なんにもない。ないんだ。……なかったんだ」

『……それ、説教？』

少女の声は笑っていた。

「そうだな。説教だ」

『自分のための？』

「おれのためだ」

圭吾も笑った。

少女は、なぜか圭吾を気に入っているらしい。デートしているのは自分なのに、と優香は喉に絡んだ綿毛《わたげ》のような嫉妬を感じた。

「人は、なにかにならなきゃいけない。いつかは何者かにならなきゃいけない。同じようなことだが、どちらもちょっとちがう。ちょっとだが、だいぶちがう」

『いや、わかんないって……』

「おれにもだ」

圭吾は、言葉を使いながらも、言葉にできない衝動のようなものを伝えたかったただけなのだ。わかるはずもなかった。

「ガキは走れ。とにかく動きつづけろ。走れ走れ。バイクと同じだ。前に走りつづければ、倒れることはないんだ。なあ、だから――」

通話が切れた。

「……まあ、流れていくだけの人生もあるけどな」

圭吾は、苦笑した。

優香は真っすぐに圭吾を見つめていた。

「ねえ、ちょっと考えてみたんだけど……あのカブ90、どうせならカブのワンメイクレース用に改造するのはどう？」

復元に意味はない。

しかし、エンジンは修理できる。部品は倉庫に腐るほど転がっていた。カスタム前提であれば、フレームは切り張りすればいい。板金や溶接が必要ならば、梨奈のボーイフレンドに頼んでもいい。

「そ、そうか？」

優香の提案に、圭吾は驚いた顔をした。

見開いた眼を空にむけ、やがて海に転じて、しばらく考え込んでいた。

「うん……そうしようか」

自分も前にすすむべきだ――と思ってくれたのかもしれない。

「あ、待て」

「なに？　やっぱりやめるの？」

「そっちじゃない。なあ、今日は団地のふれあい祭りの日じゃなかったか？」

「……団地の行事なんて、いちいち知らないわよ」

「いや、おれは毎年ボランティアで手伝ってんだよ。いかん。すっかり忘れてた。

帰ったら娘に怒られるな」

「だいじょうぶよ。たぶんね」

梨奈のデート成功を願いながら、優香はほくそ笑んだのだ。

N（ニュートラル・ギア）

1

「お父さん、今日こそお母さんのこと教えてよね」

「う、うむ……」

いつもの〈シングル・カム〉である。

昭和生まれの中年探偵は、二十一世紀しか知らない平成生まれの小娘に追い込まれていた。

「それ、ぼくも聞きたいです」

娘のボーイフレンドと仮認定している清水義男も興味を示した。

「南原さんが前に乗っていたカブ90って、もともと梨奈ちゃんのお母さんのだったんですよね」

「な……」

圭吾の顔色が変わる。

「梨奈……ちゃん？」

ちゃん付けか！　もはや、そんな仲か！

分厚い胸筋の奥で、娘を溺愛する父親の魂が沸騰《ふっとう》した。若造の胸ぐらを摑み、締め上げて、とことん問い詰めたい。が、圭吾が話をしたかったのは、じつは義男のほうであったのだ。

義男は工業大学の三年生だ。

梨奈の先輩にあたる。

父親から受け継いだハンターカブを愛する好青年だ。

夏ごろ、圭吾はカブ用のサイドカーを義男に製作してもらった。手作りの一品モノである。その出来栄えを見て、〈坂本モータース〉のオヤジが感心し、義男をバイトに雇い入れた。

圭吾はカブ90を蘇《よみがえ》らせようと決めたが、エンジン関係は優香の父親に任せるとして、懸念《けねん》はフレームの修理であった。

しかし、それも義男によって解決のメドがつき、今日はカブ再生プランの方向性を煮詰めるために圭吾は来店したのだ。

ただし、娘もクロスカブでついてきた。

梨奈はボーイフレンドの先輩に逢いたかっただけなのだ。そのついでに〈シングル・カム〉自慢のタイカレーで腹を満たし、夕食当番をサボろうという魂胆《こんたん》も見え透いていた。

ともあれ——。

圭吾と義男の打ち合わせは白熱した。

新旧のカブを集めたワンメイクレースに参加する予定なのだ。

レース規定としては、かなりゆるいものの、どこまで軽量化し、どこまで補強パーツを組んでいくのか。そして、どこまで改造すればカブと認められ、どこまで残せばカブではなくなるのか……。

なにがカブで、なにがカブではないのか?

そもそも、カブとはなんなのか？

もしかして、カブとは宇宙そのものではないのか——。

哲学である。

当初の目的から脱線し、カブ談義は弾みに弾んだ。スーパーカブが出る映画をどちらが多く知っているかなど、いろいろと盛り上がりすぎて、圭吾は高校時代にハーレー乗りであったことまで話していた。

圭吾の失態は、さらに妻との出逢いがカブ絡みだったことまで、うっかり口を滑らせてしまったことだ。

梨奈はカブ談義に興味はなく、カウンター席で優香と女子トークに興じていたが、父の失言を聞き逃すほど鈍くはなかった。

「ほら、いいかげん素直に教えてよ？」

圭吾は毅然《きぜん》として答えた。

「梨奈、〈ヒトデの恩返し〉は、もう何度も話して……」

「お父さん、ふざけないで」

「むぅ……」

父は、しゅんと肩を落とした。

娘はここぞとばかりに猛《たけ》った。

「ねえ、どうしてお母さんのことになると誤魔化《ごまか》そうとするの？　あたしも子供じゃないんだから、なに聞いても驚かないよ。そんなにお母さんのこと話すのが恥ずかしいの？　お父さんが娘離れできないのって、まだお母さんのことを忘れられないからじゃないの？　あー、キモい！　お父さんのそういうとこ、大っ嫌い！　はやくキモいお父さんから卒業してよね」

「梨奈ちゃん」

圭吾の窮地《きゅうち》を救ったのは、なんと義男であった。

「お父さんの悪口はダメだよ。本気じゃないのはわかってるけど、たとえ愛情があっても、それじゃ南原さんだって……」

圭吾は、前に本人から聞いたことがあった。

義男は、父親を過労死で失っていた。梨奈の境遇とは逆で、母親が働きながら女手ひとつで育ててくれたのだという。

梨奈は、叱《しか》られた子猫のようにおとなしくなった。

「はい……先輩、ごめんなさい」

逆に圭吾の胸郭《きょうかく》はひろがった。

「この父には？　ごめんなさいは？　んん？」

「この……！」

「梨奈ちゃん、怒らないで」

「はぁい、先輩。でも、お父さん、ちゃんと話してね」

あらためて、梨奈の眼が据《す》わった。

「圭吾さん、もう話してもいいんじゃないの？」

優香もやんわりとすすめてきた。

「ぼくも聞かせてください」

気がつくと、まわりは敵に囲まれていた。

「ん、んん……なにから話せばいいんだ？」

じつのところ、梨奈に話してはいけない理由などない。

ただ、昔から想い出話の類《たぐ》いは苦手なのだ。

「だから、最初から」

「出逢いか？　出逢ったときの事件か？」

「南原さん、事件を起こしたんですか？」

「起こしたというか、おれと郁栄《いくえ》が巻き込まれたというか……んんっ、待て待て、あのときは自分から参戦したのか……」

あれは二十三年前の春だったはずだ。

「お父さん、はやく話して！」

「ああ、わかったよ」

圭吾は観念し、腰を据えて語りはじめた。

2

二十一世紀まで、まだ数年を残していた。

企業や研究者、そして一部の趣味人のものであったパソコンが一般ユーザーに普及し、社会現象にまでなった時代だ。

バブル崩壊が堅実なはずの銀行業さえ破綻《はたん》させる一方で、インターネットなどの情報インフラは急速に発展し、新しいものと古いものが焦燥《しょうそう》と浮ついたバランスに苦しみ悶《もだ》えながら混在していた。

誰もが暗いものを嫌悪しながらも眼を離せず、未来への不安を消費生活の昂《たかぶ》りで誤魔化そうとしていた。

そのころ、南原圭吾はやさぐれた高校生であった。

――思ったよりも人生は長そうだ。

ぼんやりと、そう確信していた。

先のことは考えていない。考える材料すら持っていない。まだ何者でもない。いずれは何者かになるのだろう。

無印の若さだけが漠然と漂っている。

喫茶店で、圭吾はコーヒーの残りをすすった。

「先輩、進学はしないんですか？」

後輩の坂本優香が、ワンレングスの髪をゆらしながら訊いてきた。

高校の後輩だ。ふたつ年下の一年生だった。

愛嬌はないが、顔は可愛いほうだろう。目付きが鋭く、地声が低いせいで、ヤンキー女子とよく間違えられる。実家がバイク屋のせいもあるだろうが、実際はさっぱりした性格の真面目な女子だった。

そして、この〈シングル・カム〉の看板娘だ。

夜逃げしたコンビニを改装した喫茶店で、優香の母親がマスターであった。裏手にある〈坂本モータース〉が本業だが、バイク屋の父親が凝《こ》り性《しょう》で商売下手なため副業としてはじめたのだという。

圭吾は、両方の客だ。

「しない」

短く答えた。

無口なのだ。話すのが面倒なのだ。

「でも、ちゃんと考えたほうがいいですよ」

「まあ、な」

「あ、もし就職先が見つからなかったら、うちのバイク屋で働きます？」

「不器用なんだ」

三年生にとって、卒業後の進路は重大事項だ。

大学に興味はなかった。受験勉強もしていない。勉強は苦手だ。県立高校の入学試験に受かったとき、圭吾の学習意欲は底をついていた。

ならば、働くしかあるまい。

自立心だけは持て余しているのだ。

父親は会社員で、母親はパートで働いていた。両親は仕事で忙しく、昔から圭吾は構われた記憶がなかった。放任主義で、進学しようが就職しようが勝手にしろと宣言されている。

どちらかといえば、身体を動かす仕事が性に合っている。なにか技術を身につければ、なんとかなるのだろう。だが、なにを習得すればいいのか、それさえも見当がついていなかった。

知識も経験もないガキなのだ。

——ま、なんとかなるだろう。

不況不況と世間は騒いでいたが、本気の切実さは実感できず、なんとなく惰性《だせい》で経済社会はまわっているようだ。

選ばなければ、地方でも仕事はある。将来に期待など持っていない。出世したり、有名になったり、成功したり、そんなことより普通に仕事をして、ほどほどの収入で、だらだらと気楽に生きたかった。

生きていければ、それだけでいい。

ただ、目的もなく生きるには、人生は長そうだと怯《ひる》んでもいた。

「まあ、かまわんじゃないか」

優香の兄が、締まりのない声でいった。

坂本良太《りょうた》という。優香とは五つも歳の離れた兄だが、血が繋がっているとは思えないほど性格は軽い。

「世の中にはな、足の速いやつも遅いやつもいる。でも、どちらでもかまわんさ。人生にゴールはない。ゆっくりでも、楽しく生きた者の勝ちだ」

深いような浅いような——。

進学もせず、就職もせず、ふらふらと世間の波間に漂うことを使命としているかのような男の人生哲学であった。

「南原くんの家は共働きだったよな。働けば働くほど給料が上がった世代だ。年金制度が危ないらしいけど、定年には間に合うだろう。でも、ぼくらの世代は、しわ寄せの人生がつづくだけだ。将来に夢がないとしても、無理に頑張らなくていいだけ、かえって気楽なものだよ」

「うす……」

　圭吾は立ち上がった。

「じゃあ、おれ帰ります」

「ん？　ああ、もう夕方か。うん、またよろしく頼むよ。今日は本当に助かった。ぼくは喧嘩が苦手だからねえ」

「うっす」

　良太は私立探偵だ。

　素行調査。浮気調査。人捜し。商店街のビラ配り。駐車場整理。

　探偵というより、便利屋である。

　良太は喧嘩に弱いが、頭の回転は悪くない。口先もよくまわる。不思議と人望があったらしく、人を面白がらせて動かすことも得意であった。

　バイク屋も喫茶店も興味はないらしく、学生時代に興信所でバイトをやり、その経験を活かして仲間と便利屋の真似事をしているうちに、なんとなしに探偵事務所を作ったのだという。

遊び半分なのである。

事務所を借りる金もなく、この喫茶店を事務所代わりにしていた。

しかし、楽しい遊びほど長つづきしないものだ。

誰でも海に漂うクラゲのような生き方は不安なのだ。ある者は進学し、ある者は就職し、しだいに探偵ごっこで遊んでくれる仲間は減っていき、ついには良太ひとりが残された。

圭吾はバイトの探偵助手であった。

愛車の修理に大金が必要となってバイト先を探していたところ、良太から手伝ってくれと誘われたのだ。

日曜だったが、朝から浮気調査に駆り出された。良太は調査相手の男に見つかってしまった。逆上され、殴られそうになったが、圭吾が逆に殴り倒して逃げることになった。

「先輩、もう帰るんですか？」

「ああ」

「コーヒーのお代わりどうです？」

「帰って寝る」

「でも……」

「なんだ？」

「いえ……」

「おお、なんと不器用な妹よ！」

良太が陽気に笑った。

「お兄ちゃん！」

圭吾は太い首をかしげた。

仲はいいのだろうが、よくわからない兄妹だ。

「おやすみ」

喫茶店を出て、圭吾は愛車にまたがった。

3

迫り来る夕闇に、街灯の光が点々と迎撃をはじめた。

住宅街を抜ける狭い道だった。

ひら、はら、と。

遅咲きの枝垂《しだ》れ桜が、白い花びらを散らしている。

圭吾のバイクは、どっ、どどっ、と力強い鼓動を響かせる。大型タンクの下でV型ツインエンジンが奏《かな》でているのだ。

日本の四大バイクメーカーの特徴を、〈漢《おとこ》カワサキ〉〈技術のホンダ〉〈芸術のヤマハ〉〈変態のスズキ〉という。あるいは、〈漢カワサキ〉〈優等生ホンダ〉〈玄人《くろうと》ヤマハ〉〈変態スズキ〉だ。

どちらにしろ、〈漢〉と〈変態〉は共通らしい。

漢でも優等生でも玄人でも、ましてや変態でもない圭吾は、たまたま手元に転がり込んだハーレーを愛車にしていた。

正式にはハーレーダビッドソンだ。

ザ・アメリカンバイク。

排気量は１２００ｃｃ。空冷二気筒。高性能なＤＯＨＣエンジンが珍しくない時代に、化石のようなＯＨＶだ。しかし、三拍子のアイドリングが心地よく、太いトルクで重い車体を引っぱってくれる。

学生には分不相応《ぶんふそうおう》な大型バイクだ。

初めて乗ったバイクは、原付のスクーターだった。車種は憶《おぼ》えていない。中学校からの帰り道、〈坂本モータース〉の駐車場に雑然と並べられていた一台を眺めていたら、バイク屋のオヤジが声をかけてきたのだ。

いま思えば、未来の客を捕まえようという魂胆だったのだろう。駐車場から出なければ、そのスクーターに乗せてやってもいいという。

圭吾は、それまで自転車しか乗ったことはなかった。しかし、エンジンで走るものに興味を覚える年頃だ。

バイク屋のオヤジから簡単な操作を教えてもらい、おそるおそるスクーターを始動させた。オイルとガソリンと排気ガスの匂い。アクセルをひねると、くんっ、と前に動いた。

それだけでも、新鮮な感動で頭の芯が痺《しび》れた。

十六歳になると中型二輪の免許をとった。最初の愛車は〈坂本モータース〉で買った中古のホンダ・レブルだった。

日本製のアメリカン・バイクだ。速くはないが、頑丈で、燃費がよかった。バイク屋で使う中古のパーツをスクラップ屋巡りで探す手伝いをするという条件で半値にしてもらった。

走りまわった。

道がつづくかぎり、どこまでもいける。

自分の力で――。

世界に手が届いたかのような気分になれた。

一年ほどレブルで走り、そろそろタイヤを交換するべきか相談に寄ったとき、〈坂本モータース〉でハーレーと出逢ったのだ。

店で仕入れたばかりだという。

圭吾は、ひと目で魅入《みい》られた。

バブル景気の恩恵で、多くの高級車が投機目的で日本へ輸入された。このハーレーも、そのころに入ってきた一台らしい。

景気が悪くなると、高級車は競って売られはじめたが、九〇年代にハーレーなどありふれている。オヤジによれば、ハーレー社の暗黒時代に製造された一台らしく、部品の信頼性が低く故障が多いという。

そのハーレーもクランクケースに穴が空いていた。前のオーナーが峠道を攻め、アスファルトで擦《こす》ったせいだという。大陸の広い道をどこまでも真っすぐ走るためのバイクだ。レーサーのように攻めてどうするのか……。

セルフスターターも壊れていた。

フレームは錆だらけだ。

おかげで、驚くほど安値でハーレーのオーナーになれた。

それでも、まともに走るようにするには、それなりに金が必要で、探偵助手のバイトをはじめることになった。

中型免許ではハーレーに乗れず、圭吾は購入資金を貯めながら限定解除の試験に挑み、なんとか合格していた。

ちなみに、まだハーレーの代金は払い終えていない。今後の維持費も考えれば、当面はバイトに汗を流さなくてはならなかった。

「お……？」

店を出てから五分と経っていなかった。

ふら、ふら、とハーレーの後輪が動揺している。

マズい。

圭吾は舌打ちした。

花びらの吹き溜まる路肩に停める。バイクを降り、後ろをたしかめると、ぺたんとタイヤが萎《しぼ》んでいた。

パンクだった。

買ってから、まだ一度も交換していなかった。溝は残っていたが、ゴムが劣化してヒビが入っている。

バイク屋のオヤジからは、早めにタイヤ交換しろと忠告されていた。が、大型二輪のタイヤは高いのだ。バイト代が貯まってからだと騙《だま》し騙し走っているうちに限界を越えてしまったらしい。

失態であった。

ヘルメットを脱ぎ、ため息を漏らした。

——どうする？　どうやって帰る？

バイクは路肩に放置し、〈坂本モータース〉に連絡すれば、店の軽トラックで運んでもらえるだろう。ただし、運送料はとられる。バイク屋のオヤジはユーザーの失敗を甘やかさない人だ。

だが、圭吾は携帯電話やPHSなど持っていない。

——押して戻るかあ。

それしかなさそうだ。

ハーレーの車重は三〇〇キロほどだ。

圭吾はうんざりした。

相当の気合いが要《い》る。

下手な体勢で押せば、こちらの腰を痛めかねない。座布団のような分厚いシートに座ったまま、じわじわと気力が満ちるのを待った。

待っているあいだにも、あたりは急速に暗くなっていく。ちょうど街灯の下で停まったせいで、圭吾とハーレーが闇の中に浮かび上がる。これが夏なら虫にたかられていたところだ。

トトトトッ。

乾いたエンジン音が聞こえてきた。

花びらを蹴散らして、小さなライトが近づいてくる。古いバイクらしく、夜道で走るには光量が頼りなかった。

耳に馴染むエンジン音だ。単気筒の4サイクル。原付だ。実用優先のレッグシールドで、スーパーカブだとわかった。

郵便局や夕刊配達のカブにしては時間帯が遅い。

カブのライダーは、路肩のハーレーに気付いたようだ。不審に思ったのかもしれない。圭吾は大柄で、顔も無愛想の塊だ。はっきりいえば、ガラが悪い。誤解を受けやすいタイプなのだ。

閑静《かんせい》な住宅街だ。

通報されてしまうかもしれない。あのカブが通りすぎたら、すぐにハーレーを押して引き返そうと決めた。

圭吾の前で、カブは停まった。

「あれ？　南原くん？」

女の子の声だった。

「え？」

圭吾は眼を細めた。

たしかに見覚えのある女子だった。

小柄で、ショートヘアで、大きな眼鏡をかけていた。半帽タイプのヘルメットを目深《まぶか》にかぶり、圭吾に人懐《ひとなつ》こく笑いかけている。

「ああ、たしか……」

白い花びらが眼の前を横切った。

「ぼく、木原《きはら》郁栄です」

「そうだ。木原さんだ」

「あ、忘れてた？　君、ほんとうに女子の名前を憶えないんですね」

「……すまん」

見覚えがあるはずだ。

同じクラスの女子だ。

昔から女子の名前を憶えるのは苦手だ。女子と遊ぶことはなく、ほとんど話もしないからだ。二年生のころはホームルームで「南原くんは女子の名前を憶えません」と議題にされたこともあるほどだ。

「壊れたんですか？」

「ま、ちょっとな」

「バイク屋さんまで乗せていきましょうか？」

「カブで？」

「カブですが、なにか？」

郁栄は、やや機嫌を損ねたようだ。

「でも、原付だろ？」

「90ccです。二人乗りも合法です」

コーヒー缶より少ない排気量で、なんで大威張りなんだと圭吾は思ったが、それは口に出さなかった。

これから助けてもらう立場なのだ。

「この先にある〈坂本モータース〉ってとこまで頼む」

「あ、知ってます。このカブ、あのお店で買ったんです」

「そうか」

同じバイク屋の客だと知って、圭吾は気をゆるめた。

「でも、なんでカブなんだ？」

「なんでとはなんです？」

「スクーターのほうが速いだろう？」

「ハーレーに乗っていて、カブを馬鹿にするんですか？」

「いや、だって……」

「〈坂本モータース〉のおじさんが教えてくれたんですけど、スーパーカブとハーレーは似ているらしいですよ？　ハーレーを極めた人は、最後にはカブに辿《たど》り着くんだそうです」

「んなことあるかよ」

圭吾は信じなかった。

同じですよ、と郁栄は笑った。

「道はつづいてるんですから、速さを競わず、どこまでも走っていけるバイクなら、最後は同じところに落ち着くんです」

「すげえ理屈だな……」

圭吾は呆れた。

それに、と郁栄はつづけた。

「アメリカでも、スーパーカブは大人気だったんですよ？　《ナイセスト・ピープル・キャンペーン》って知ってますか？　ナイスのナイセストです。〝素晴らしい人々〟という意味です。昔、アメリカでバイク乗りといえば、不良のイメージだったんです。それをひっくり返したのがスーパーカブです」

「お、おう……」

平成の世に、昭和を熱く語る女がいた。

「スティーブ・マックイーンとか、ハリウッドの大俳優にも愛されたスーパーカブですよ？　ビーチ・ボーイズが歌った『リトル・ホンダ』という曲だって、あれ、じつはスーパーカブのことを歌ってたんですよ？　梅宮辰夫《うめみやたつお》だってハーレーに乗ってたけど、最後に行き着いたバイクは……」

たとえが、いちいち渋すぎる。

――なんで女子がビーチ・ボーイズなんて聴《き》いてんだ。スピッツでも聴いてろ。ルーララとか歌いながら宇宙の風に乗ってろよ。

よくわからない女子だ。

さんざんしゃべって、郁栄もすっきりしたらしい。

「さあ、後ろに乗ってください。あ、でも、くすぐりには弱いので、腰は摑まないでくださいね。笑っちゃうから」

「……摑まねえよ」

ヘルメットをかぶり直し、カブの後ろに跨《また》がった。

なるほど、と感心した。がっしりした荷台は圭吾を乗せてもびくともしない。さすがは実用バイクだ。

郁栄に注意されるまでもなく、女子の腰にはしがみつけない。圭吾は荷台の端を摑んでバランスをとり、タンデム用のステップに足を載せた。

「いきますよ？」

ゆるりとカブは走りはじめた。

小柄な女子がハンドルを握り、大柄な男子が後ろに座っている。知り合いには見られたくない光景だった。

ガチャン。

バタバタ。

トトトッ。

「やかましいわりにトロいのな」

幸い、そのつぶやきは夜風にまぎれた。

後ろのサスペンションがふわふわで、ハーレーに比べればオモチャのようなエンジンだ。華奢《きゃしゃ》なフレームは安っぽく軋む。それに比べ、ハーレーは頑強な鉄馬で、本物のバイクに乗っている満足感がある。

ただし――。

小さなシングルエンジンの振動は、意外なほど尻に心地よく響いた。

4

木原郁栄は、クラスでも評判の変人であった。

話し方も変だ。

女子の一人称で〈ぼく〉とか〈おれ〉は、ときどき聞くこともあるが、微妙に丁寧《ていねい》なしゃべりとチグハグなのだ。

圭吾は、クラスメイトに興味を持っていなかった。授業の合間は、だいたい寝ていた。ときどき授業中に寝ることさえある。進学希望ではないから、教師も放ってくれていた。

それでも、あらためて観察してみれば、たしかにクラスの中でも木原郁栄は浮いている。いつもひとりで、仲のいい女子の友達はいないようだ。が、それを気にしている感じでもない。

とにかくマイペースな女子だった。

「ねえねえ、〈シングル・カム〉で探偵さんに聞いたんだけど、南原くんは探偵さんの助手なんだよね？」

「あ、ああ……」

休み時間に、教室で郁栄から話しかけられて困惑した。

圭吾は、いつも不機嫌そうに見えるらしい。

面白くもないのに笑いたくはないからだ。

無駄話も嫌いだった。

無愛想で口数が少ない大男だ。クラスメイトが恐がるのもあたりまえかもしれないとは思う。誤解は誤解だが、圭吾はひとりに慣れている。他人への興味が薄いのだろうと自分でも思う。

だから、友達の少なさでは、郁栄と張り合えるかもしれなかった。

「ちょっと取材させてくれませんか？」

「なんの取材だ？」

「ぼく、マンガ家を目指してるんだけど、その取材です」

「知り合いなら、良太さんに頼め」

「あの人は、ちょっとイメージじゃないんで」

「なんのイメージだよ」

「だから、マンガのです。だから、取材させてください」

「いやだ」

圭吾には面倒臭い予感しかない。

「お願いします」

「断る」

郁栄は諦めることを知らなかった。

休み時間のたびに圭吾の席へ押しかけてくる。友達がいない男子と女子の新タッグにクラスメイトが声もなくザワつく。探偵稼業の取材をさせろとグイグイ迫る。うるさくなって教室から出れば、トイレまで追いかけてきた。

圭吾は、うんざりした。

進学組ではないから、授業をサボって逃げまわった。が、なぜか休み時間になると、郁栄は居場所を突き止めるのだ。

「おまえ、卒業したらどうすんだ？」

圭吾は、そんなことを訊いてみた。

勉強もせずに男子を追いかけまわすなど、受験を投げているとしか思えない。

「進学して上京です。そして、ぼくはマンガを描くのです」

郁栄は控《ひか》えめな胸を張った。

「なんでマンガなんだ？」

何者かにはなりたかったが、いったい何者になっていいものやら、じつは何者になりたいのか、まったく圭吾には見えていない。

だから、すでに目的を見つけて熱中している者が羨《うらや》ましかった。どういう気分なのか、そこに興味があった。

「好きだからですよ」

ありきたりな答えだ。

「プロになれなかったらどうすんだ？」

「なれる、なれないでマンガ描いてるわけじゃないです。プロになれなくても、描きたいんです。描かずにはいられないんです。お金になっても、ならなくても、ぼくはずっとマンガを描くんです。それだけです」

「……わからん」

女子の思考はわからないが、特別枠で理解不能であった。

そして、ある日のことだ。

圭吾は、いつものように屋上へ避難すると、

「やあ、南原くん。捜したよ」

郁栄ではなく、荒俣雄二が追いかけてきた。

背は圭吾に劣らない。横幅では大きく勝っていた。これで太れば相撲《すもう》とりだが、筋肉の塊のような男だ。

一〇〇キロまでいかなくとも、体重は九〇キロを超えているだろう。

顔は饅頭《まんじゅう》のように丸く、糸のように眼が細い。耳たぶは異様に長かった。野球部でもないのに、なぜか坊主頭だ。

「なんだ、大仏か」

クラスはちがうが、圭吾の数少ない友達であった。

悪友と呼ぶほうがふさわしいかもしれない。

圭吾は喧嘩好きではない。悪目立ちするほど身体が育ったおかげで、中学のころからガラの悪い連中に絡まれるようになった。

街で不良どもに囲まれていたところ、同じ中学に通っていた荒俣が助太刀《すけだち》してくれた。荒俣は柔道部で、将来を嘱望《しょくぼう》されるほど強かったらしい。不良とはいえ怪我《けが》を負わせたことが問題になって退部させられた。

圭吾の喧嘩に巻き込まれたのだ。

人に貸しを作られることには慣れていない。気が咎《とが》めてたまらなかったが、荒俣は柔道に未練はなく、気にしないでよと凶猛な笑顔を見せた。

それから、ふたりで暴れるようになった。

自分から絡んだことはないが、相手が喧嘩を売ってくるのだからしかたがない。

高校に進学すると、荒俣は不良グループに誘われて、なにも考えていない大仏フェイスでひょいと入ってしまった。

圭吾も誘われたが入らなかった。不良になるほど世の中に不満はない。第一、面倒臭い。群れるのは苦手だ。

その時期は、バイクにのめり込んでいたのだ。

「今日もバイクでしょ？　悪いけどさ、ちょっと乗せていってよ」

昔からの舌足らずは直っていなかった。荒俣も直す気もないのだろう。大人になっても、たぶん変わらないはずだ。

「歩いていけよ。おまえの体重じゃ、リアサスが潰れちまう」

「冷たいね。でも、ここからだと遠いんだよね」

「どこいくんだよ？」

うん、と荒俣は凶猛に笑った。

「ちょっとヤクザの事務所までね」

「あ？」

詳しい事情に興味はなかったが、恋人の村上薫子が原因で、現役ヤクザと喧嘩することになったらしい。

薫子は、ひとつ年下の後輩だ。

美少女というよりは、顔も身体もすでに完成した美女であった。化粧をしなくても顔立ちが派手なせいで、男に身体を売っているという噂もあったが、圭吾はそれを信じていない。

媚《こ》びるよりは孤立を好み、誇り高く超然としているため、なにかと誤解されやすいだけだった。

それだけわかれば充分だ。

「しょうがねえな」

にや、と圭吾は笑った。

免許を取らない。バイクに乗らない。バイクを買わない。バイクに乗せてもらわない。〈四ない運動〉のすべてを華々《はなばな》しく破ることになるが、はじめから守ったこともなかった。

それに、荒俣は貴重な悪友だ。

ヤクザ相手とはいえ、助太刀すると決めていた。

5

「あはは、ご挨拶にきちゃった」

ヤクザの事務所に、そろって殴り込んだのだ。

とはいえ、ほとんど圭吾は活躍していない。荒俣の背後から襲いかかる若いチンピラをふたりほど蹴り倒しただけだ。

荒俣は凄《すさ》まじかった。仏ヅラが鬼の形相となり、大きな丸顔を真っ赤に染めて、ひたすら暴れ狂っていた。なにがあっても、こいつとだけは拳を交えたくない、と圭吾はしみじみ思った。

そして、ヤクザに同情した。

暴力団新法とやらで、ヤクザも弱体化しているという。大手をふって悪いことがやりにくくなったのだろう。ふたりが殴り込んだのは、構成員の数が両手で間に合うような小世帯の組だったのだ。

机やソファはひっくり返され、窓ガラスは残らず砕け散っていた。二階だから、ガラスの破片で怪我をした通行人がいないか気になったが、下から悲鳴が聞こえなかったから、だいじょうぶだったのだろう。

床には折れた木刀が転がっている。組の者が武器にしようとしたところ、荒俣が無言で奪いとり、あたりかまわずふりまわした結果だ。

台風一過。

そんな感じだ。

ヤクザも八人ほど転がっていた。顔を押さえ、頭や腹を抱え、呻《うめ》いたり、罵《のの》しったり、なにかを呪《のろ》ったりしていた。

誰が組長だったのか、もはやわからない。

ひとりだけ、無傷で尻餅をついているチンピラがいた。荒俣の暴れっぷりに恐怖して、腰を抜かしたのだろう。

「て、てめえ……女の尻さわったくれえで、なんだ。なんだよ。尻だぞ。ただ尻をなでただけじゃねえか……！」

涙眼で、荒俣を睨みつけていた。

「え？　それだけなのか？」

圭吾は悪友にふり返った。

「んー、そうかもねえ」

荒俣は、血まみれの顔で子供のようにうなずいた。

ひっ、と悲鳴を放ち、チンピラは這《は》いずるように逃げた。意外と素早い。必死に這いながら加速し、その勢いを利用して立ち上がることに成功すると、ドアにむかって駆けだした。

　圭吾に追いかける気はなかった。

　だが、ぎゃっ、と女の声が聞こえた。

　階段を転げ落ちていく嫌な音がした。

「おい、まさか……」

　圭吾は驚いた。

　それは郁栄の悲鳴だったのだ。


「なんで、あんなとこにいたんだ？」

　郁栄を担ぎ上げ、カブの荷台に乗せた。

　骨格は細く、肉付きは薄く、体重も軽い。男女の区別どころか、とても荒俣と同じ種類の生物とは思えなかった。

　チンピラが事務所を飛び出したとき、階段を上がってきた郁栄とぶつかってしまい、もつれるように転げ落ちたらしい。

　運のいい女子だ。

チンピラは郁栄の下敷きになって気絶していたが、郁栄は足首をひねって歩けなくなっただけだ。

だから、圭吾が家まで送っていくことになった。

ハーレーは近くの神社に置いておくことにした。

荒俣は、歩いて帰るから気にしないでよ、と言い残して立ち去った。暴れるだけ暴れたせいか妙にすっきりした顔をしていた。

郁栄は、悪びれもせずに答えた。

「南原くん、ぼくの取材を受けてくれないからさ」

「で、おれを尾けたのか？　どうやってだよ？」

「今朝、南原くんのポケットに盗聴器を入れておいたのです」

「盗聴器？」

圭吾は、慌ててポケットをまさぐる。右手の指先に硬い感触があった。出してみると、短いアンテナ線が飛び出した小さなプラスチック箱であった。怪しい通販広告で見かけるＦＭ波を使った盗聴器だった。

郁栄もポケットからハンディータイプのアマチュア無線機を出して、嬉しそうに見せびらかした。

「これ、探偵さんが貸してくれたのですよ」

「あのクソ探偵……」

何ヶ月か前に、「念願の盗聴器を手に入れたぞ！」と子供のようにはしゃいでいた。マニュアルを読まない男で、機械の使い方がわからず、興味も失って放ったらかしにしていたはずだ。

郁棠は、教室で圭吾のポケットに盗聴器を放り込み、受信波の強弱で居場所を探り出していたらしい。

良太より、よほど探偵にむいている。

というか、何度も盗聴器を仕掛けられ、そのたびに回収されているのに、まったく気付かなかった自分の鈍さに呆れ果てた。しかも、今回はスーパーカブで尾行までされていたのだ。

――ま、いいか……。

圭吾はカブのシートに腰を落ち着けると、細いハンドルを握ってみた。ブレーキも自転車のように頼りない。

カブなど運転したことはなかった。が、しょせんはバイクだ。タイヤはふたつ。エンジンはひとつ。ハーレーと同じだった。

特徴的なシフトチェンジの仕方だけ郁栄に教えてもらった。

ハイギアで走りはじめる。

低回転でも粘る実用エンジンだ。

普通のバイクとはシフトの上下が逆で、ときどき間違えそうになった。ペダルを踏んでいるあいだはクラッチが切れている。踏みながらエンジンの回転数を合わせ、ペダルを離すことでクラッチを繋ぐのだ。

走らせながら、だんだんコツがわかってきた。

これはこれで楽しいバイクだ。

ブレーキのたびに、ひょこんとフロントが少しリフトアップする。この動きによって、車体の水平をキープしているのだ。

そうか、と圭吾は感心する。

これがボトムリンクのサスだ。出前でラーメンの汁がこぼれないはずだった。

「あ……」

「すまん。揺れたか」

「ううん……優しい運転……」

「そうか……」

圭吾はカブの奏でる音に耳をすませた。

優しいエンジン音だ。

これほど遅いのに、不思議と苛々《いらいら》することもなかった。

ぎゅっ、と。

郁栄が後ろからしがみついてきた。

「お、おい……」

圭吾は、ふいに気付いてしまった。

自分は、どうやら郁栄に惹《ひ》かれているらしい。変人女子だが、すでに目的を見つけ、明るい未来を信じる強さに……。

若い圭吾は、まだ人に伝えるべき言葉は持っていない。話すべきことなど、あるはずがなかった。未来はあっても、先行きが見えない。なりたいものも、やりたいことも見つからない。

知識も経験もなく、なにもわからない。

なにもない。

心が動いたのはバイクだけだった。胸の奥から込み上げる苦いもどかしさは、

無闇に走ることで誤魔化してきた。

だが、ハーレーで飛ばしても、すべては満たされなかった。

スピードが足りないからだと思っていた。

そうではなかった。

くすぶっている苛立ちが、嘘のように消えている。

――カブのせいか?

少しだけ、ほしくなってきた。

「リトル・ホンダか……」

梅宮辰夫もスティーブ・マックイーンも愛した世界のスーパーカブだ。

速くなくてもいい。

ゆっくりと、確実に――ただ優しければいいのだ。

6

後日——。

圭吾は、あらためて郁栄に荒俣を紹介してみた。

毒には毒というわけではないが、この変人ふたりが顔見知りになることで、なにかがはじまるのではないかと期待したのだ。

郁栄は、なぜか異様に興奮して、

「おおっ、この腹か！　この腹で南原くんを！」

などと意味不明なことをわめきながら、こんもりと硬く膨らんだ荒俣の腹筋を小さな拳で乱打していた。

荒俣は、大仏フェイスの眼を細めた。

「なに、この子？　面白いねえ」

「……そうだな」

圭吾も苦笑するしかなかった。

あいかわらず、郁栄からの取材申し込みは断固として拒否しているが、よく屋上で話をするようになった。おかげで、クラスの中で、もっとも会話が多い女子になってしまった。

「ところで、どんなマンガ描いてんだ？」

「ヤクザの上司と子分の愛の物語」

「あ？」

「南原くんと荒俣くんを見てると、いい絵が浮かぶのです」

「なんだそりゃ……」

やっぱり、わけがわからない女子だ。

圭吾が、BL――いわゆる〈ボーイズ・ラブ〉という特殊ジャンルを知るのは、それからずいぶん先のことであった。

さらに、その後――。

どこかで武勇伝としてひろがったのか、ヤクザ襲撃の件が学校側に知られたらしく、荒俣は卒業前に退学することになった。

なぜか圭吾のことはバレなかった。

鳥の糞《ふん》がエンジンの冷却フィンに焼き付いた気分だ。納得はしていないが、職員室に殴り込むほどではなかった。

荒俣だけが、晴れやかな顔で学校を去った。

恋人の村上薫子も、いつのまにかいなくなった。

夏休みが終わり、二学期がはじまると、荒俣がヤクザにスカウトされ、村上薫子が組長の情婦になったと噂で聞いた。

時は流れ――しだいに加速する。

圭吾は卒業した。

就職はせず、探偵助手のバイトをつづけた。

無責任な私立探偵は、なにを心に患《わずら》ったのか突如として東京に進出すると息巻き、圭吾を引き連れて上京を強行した。

ところが、良太は浮気調査の尾行相手である美女と意気投合し、外国へ逃げるという置き手紙を残して行方をくらました。

圭吾は、しばらく茫然としていた。

だが、地元へ帰る気にもなれなかった。せっかく上京したのだ。バイト先を渡り歩きながら、半年ほど都会を彷徨った。

そこで、郁栄と再会したのだ。

行方不明になった探偵のことを話すと、郁栄は腹を抱えて笑った。郁栄の両親も、幼い娘を捨てて蒸発したのだという。郁栄は父方の祖父母に引きとられ、これまで育てられたのだ。

複雑な家庭にしては、不審に思えるほど明るかった。

圭吾は、郁栄のアパートに転がり込んだ。

ふたりは恋人になった。

同棲《どうせい》をはじめた。

郁栄は妊娠した。

大学を中退し、圭吾と郷里に戻った。

圭吾は実家のガレージで休眠させていたハーレーを売り払った。

結婚資金の足しにしたのだ。

圭吾は結婚した。

郁栄と結婚した。

梨奈が生まれた。

圭吾は父親になった。

郁栄が去った。

東京へ戻ったのだ。

さらば、青春――さらば、愛しき人――。

7

眼を開けると、カウンターにビールの空き缶が転がっていた。

圭吾は椅子《いす》にもたれて寝ていたらしい。

今夜は、あいつの想い出を語りながら、しんみりと酒を呑《の》みてえ――などと酒場で眼を潤《うる》ませるオッサンは都会でも腐るほど見てきた。

そんな大人にだけはなりたくなかった。人の死さえ自己陶酔の肴《さかな》にする。その浅ましさが嫌だったのだ。

だが、圭吾は酔っていた。

いつのまにか呑んでいたらしい。

そうだ。呑んだのだ。

郁栄との馴《な》れ初《そ》めを語っている途中で、優香が缶ビールを出したからだ。たしかにシラフで話せることでもなかった。娘に呑め呑めと強要された気もするが、そのあたりは勘違いかもしれない。

「起きたの？」

優香の声だった。

カウンターで洗い物を片付けているようだ。

営業時間は過ぎ、最小限の照明だけ残されていた。

――郁栄のことを、どこまで話したっけ？

それさえも憶えていなかった。

ひさしぶりに呑んだせいかもしれない。若いころより、ずいぶんアルコールに弱くなっているようだった。

「はい」

優香が、氷を浮かせた水をグラスでくれた。

「ありがとう」

冷たい水を飲み、圭吾はひと息ついた。

「梨奈は？」

「義男くんが団地まで送っていったわ」

「タンデムで？」

「まさか。二台で帰ったのよ」

「ふむ……」

若い男女がふたりきりだ。が、よもや団地で不埒《ふらち》なふるまいには及ぶまい。義男の好青年ぶりを信じることにした。帰ったら、風呂場などを丹念にチェックして怪しい痕跡を探すにしても……。

ぷしゅ、と音がした。

優香が新たに缶ビールを開けたのだ。

「はい、先輩」

「おい……」

「たまには、ふたりで呑みましょうよ」

「う、うむ……」

圭吾は缶ビールを受けとってしまった。

どうせ、これではカブに乗ることはできない。飲酒運転はモラルに反する。歩いて帰る覚悟を決めた。

「おれたちの青春は……世紀末だったよなあ」

陳腐な言葉が口から漏れたのは、昔話の余韻が残っていたからだろう。

「そうだったねえ」

優香も乗ってきた。

ともに昭和生まれの仲間である。

「世界が滅亡するかと思ったよな」

「思わないけど、へんな閉塞感はあったね」

「世紀末って、なんだったんだろうな」

「一九九九年まできて、本当の世紀末は次の年だっていわれてもねえ」

「ま、醒《さ》めるよな」

あの閉塞感は、新世紀になって、さっぱりと消えた。憑《つ》き物が落ちたかのようだ。本当に、あれはなんだったのか……。

「二十一世紀になって、悲観的なものの見方に説得力がなくなった気がしたんだ。グダグダ文句いってないで、ちゃんと生きなきゃって……」

正解のない問題をひねくりまわすのがバカらしくなった。

災害つづきで、想像上の悲劇を楽しむ余裕すらなくなり、嫌でも前向きに考えないと死ぬと思ったせいかもしれない。

円高になれば、輸出産業が苦しくなる。もうダメだ。円安になれば輸入品が高くなる。日本は、もうダメだ。そんなネガティブな言葉の洪水が、世紀末に日本を覆《おお》っていた閉塞感の正体だったのかもしれない。

ようするに気の持ちようだ。

「そういえば、お店のホームページに、お兄ちゃんからのメールがきてたよ」

「……あ？」

機械に弱かった探偵もパソコンを使う時代が到来していた。

さすがは二十一世紀だ。

あの男は、あれから一度も地元に帰らなかった。いまさら人に合わせる顔もないのだろうが、目的地のない人生が、よほど性に合っていたらしい。

ときどきエアメールが店に届いていた。

無責任探偵は、いっしょに逃げたはずの美女に早々と捨てられてから、フィリピンやインドなどを経由して、五年前には北欧の小さな街に流れ着いたらしい。

それから大西洋を渡ってアメリカ中を放浪しているようだ。

——もういいや。良太さん、あんたはあんたの世界で生きてくれよ。こちらはこちらで、まったりと楽しんでいくだけだ。

排気量や馬力でかっ飛ばすだけがバイクではない。気楽さも、また性能のうちだと気付いた四十路《よそじ》の人生だった。

「ねえ……」

圭吾の鼻先を、甘い匂いがくすぐった。

優香が顔を寄せてきたのだ。

「今夜、泊まっていく？」

「え……」

驚いて顔を上げた。

頭の中でアルコールが酩酊《めいてい》の渦を巻いているせいか、優香の笑みがセクシャルな雌猫のように見えた。

「お、おう……」

情けなく、圭吾の声はふるえていた。

第四速（トップ・ギア）

1

秋と冬の境目だった。

朝の空気は冷たく肌を引き締めるが、頬をなでる風は柔らかく、陽射しはほんのりと暖かだ。少し厚着をすれば、寒くて身が震えるほどではない。入念な柔軟体操で軽く汗ばむくらいだった。

つまり、絶好のレース日和である。

「うーむ……」

圭吾は、借り物のレーシングスーツを半脱ぎにして、クラブハウスがある駐車場のフェンス越しにコースを見下ろしていた。

パドックに各チームのテントが並んで設営されている。ホームストレートの前に二階建てのコントロールタワーがあり、右手の奥にはガレージとレース場の事務室があった。

半島の先にあるＪＡＦの国内公認コースだ。全日本選手権クラスのレースでも開催できるサーキットである。

レースの種類によってレイアウトを調整できるが、今回は一二〇〇メートルで一周となっていた。二五〇メートルの直線があり、40Ｒ（半径四〇メートル）から13Ｒまでコーナーを攻められる。

スーパーカブがメインの民間主催レースだ。

圭吾も〈坂本モータース〉のライダーとしてエントリーされていた。

今日のレースには二種類ある。

全十二周で争うスプリントと二時間の耐久レースだ。

スプリントでは、スタートからゴールまで単独で走りきる。耐久レースは五人で交代することになっていた。

圭吾は両方にエントリーしていた。

早朝に参加車両の車検を通し、ライダーズミーティングでルールを確認すると、コースに慣れるためのウォーミングアップとスタート時のグリッドを決める予選走行がおこなわれた。

まずスプリントからだ。

参加台数は十二台。

圭吾のスタート位置は五番手である。

予選走行で軽く流した結果だ。サーキット走行は初体験だ。マシンの限界もわからず、無理して攻める必要もなかった。

気を落ち着けるため、圭吾は二度三度と深呼吸を繰り返した。

「あー、南原くん、もしかして緊張してるの？」

この舌足らずな声は、大仏ヤクザだった。

本業が暇なのか、悪友のレースを缶ビール片手に見物しているのだ。

圭吾は舌打ちした。

「ヤクザが馴れ馴れしく出走前のレーサーに話しかけてくんな。賭博《とばく》でもやってんのかと誤解されるだろうが」

「まさかあ。もうヤクザじゃないんだからさあ」

面白くもないネタだ。

「いまのおれに冗談が通じると思うなよ？」

金は賭けていないが、このレースにはささやかな未来がかかっているのだ。

「うん、冗談じゃないからね」

荒俣は、晴れ渡った空を見上げた。

「オヤジさんにも相談してね、決めたんだ」

「なにを？」

「組をね、解散するんだよ」

荒俣の眼は、どこか寂しげであった。

「結局、ドブなんだよねえ」

「あ？」

「昔ね、オヤジさんに口説《くど》かれたんだよ。ドブだってさ。汚くて、臭くてさ。でも、世の中に必要なんだって。だから、ヤクザになってみたんだ。しょうがないよね。あのときはさ、歯グソみたいに時代の隙間に溜まって腐ったのが、あっちこっちで噴き出してて……いろいろアレだったよね。誰かドブさらいする奴がいるんだって、オヤジさんがさ……」

「ああ……」

「でも、騙されてたんじゃないかなあ」

「ああ?」

「やっぱりね、地元商店街と共存だっていってもさ、カタギの衆に迷惑かけちゃなんねえったってさ、ドブはドブだよね。おキレイな世の中になるとさ、水といっしょに、じゃーって流れて消えるしかないんだよね」

ヤクザは古い機械油のようなものだ。社会をまわしていくため、昔は欠くことができなかった。

世の中はきれい事だけでは動かない。透き通った、素晴らしい性能の潤滑油ばかりではないのだ。たとえ滑らかではなくとも、とにかく回転すればいい。黒くても、オイルはオイルだ。

「ねえ、信じられるかい? ヤクザがさ、ぴかぴかのバッジなんかつけて、代紋背負ってさ、名刺まで持ってた。それで合法だった時代があったんだ。昭和も平成も遠くなったもんだよね？」

だが、時代がヤクザを許容できなくなった。

真っ黒に汚れても、オイルを抜けばエンジンは焼き付く。機械を回せば回すほど、ますますドス黒く粘りつき、焦げて嫌な臭気を発し、ついに汚れが極まったところで破棄するしかない。

八年ほど前のことだが、圭吾の街でも業界最大手の二次団体が市警の大規模な摘発を受けて壊滅させられていた。荒俣の組は老舗の小規模団体で、かろうじて見逃されていたにすぎない。

「で？　流されて、さっぱりかよ？」

「んー、さっぱりしたねえ」

朗らかな笑顔の大仏だった。

「ほんと、斜陽な業界ってせちがらいよね。ヤクザなんてさ、アパートは借りられないし、ホテルにも泊まれない。しょうがないよね。人権がないんだからさ。いまどきはカタギのほうが悪質なんて……まあ、そりゃそうだけどさあ。だったら、こっちも足を洗ってから居直らなくちゃね。まず人権をとり戻さなくちゃ。ぼくたちだって、人間なんだから……」

「そういや、ここまでの足は？　あのプリウスは見かけないが？」

「バスだよ。プリウスは売った。もともと売るつもりでさ、とり返したんだからね」

「とり返したのはおれだけどな」

「うん、感謝してるよ」

チームのテントから、優香と梨奈がこちらを見上げていた。

優香は耐久部門で乗り手のひとりとしてエントリーしていたが、父親がマシンの最終調整で根を詰めすぎて腰を痛めてしまい、今回は〈坂本モータース〉のチーム監督役も兼ねていた。

梨奈も耐久レースに参加予定だ。が、坂本モータースではなく、清水義男と同じ工業大学チームからのエントリーであった。

互いのテント配置が隣同士で、優香と梨奈はおしゃべりを楽しんでいたらしい。

圭吾は手をふった。

荒俣も手をふった。

梨奈の顔がひきつり、優香は苦笑していた。

圭吾はため息をついた。

「おまえ、顔の更生が先だな」

「そうだねえ……」

荒俣も地味にダメージを受けたようだ。これでも子供好きなのだ。んじゃ、あっちでレース観戦してるからね、とクラブハウスのテラスへ歩き去っていく後ろ姿に哀愁があった。

2

「うっ、やべ……！」

林和彦《はやしかずひこ》の下腹部に、猛烈な便意が襲いかかった。

スタッフからの指示があり、チーム〈うなぎ屋ドリーム〉も輝くシルバー塗装のマシンをコースへ運ぼうとしたときだった。

朝食の豚汁にあたったのかもしれない。他に原因は思い当たらなかった。それなら他のメンバーも腹を下しているはずだが、なぜ自分だけが脂汗《あぶらあせ》にまみれて苦しんでいるのか。理不尽だった。

「ごめん。ちょっとトイレ……」

「またかよ？　他の奴と交代するか？」

「すぐ戻るから！」

「はやくしろよ！　マシンはコースに持っていってやるから！」

トイレは管理事務所の隣だ。

内股で急行した。

ヘルメットを脱ぐ余裕すらない。括約筋《かつやくきん》は逼迫《ひっぱく》し、エマージェンシーを訴えている。個室に駆け込む。レーシング・スーツを記録的なスピードで脱ぎ捨てると、尻で便座にキスをした。

間に合った！

歓喜と勝利の瞬間だ。

しかし、排泄《はいせつ》の快感に浸っているときではない。

すぐにコースへ戻り――。

その前に、がすっ、と個室のドアが蹴られた。

「おい！　ふざけんな！」

林は怒声を発した。

チームメイトの悪戯《いたずら》だと思ったのだ。

二度目の蹴り。最初より強く、ドア全体が振動した。ようやく、わずかに恐怖を感じた。悪戯にしては度が過ぎている。鍵が壊れかけていたのか、三度目でドアは開いてしまった。

「……臭え」

押し込んできたのは知らない男であった。

「だ、誰だよ？」

思わず息を呑んだ。

一般人とは思えない荒《すさ》んだ眼で睨まれた。

「悪いが、ヘルメットとツナギを借りるぜ」

男の拳が飛んできた。

便座から離れられず、避けられる体勢でもない。顎先を殴られた。首がまわり、後頭部に熱い痺れがはしる。

意識が遠のいた。

下半身も弛緩《しかん》し、固形物も液体もいっしょくたに排泄された。

涙が出るほど――気持ち――よかった。

3

出場ライダーたちは、行儀よくコースの端に並んでいた。

なぜか正座である。

修学旅行で女湯覗きを見つけられた男子生徒のように情けない光景だが、これはル・マン式のスタートを採用しているのだ。

『――さあて、間もなくスプリント部門がはじまります。今年の予選トップをゲットしたのは、ゼッケン02番〈うなぎ屋ドリーム〉！　優勝候補ながら、出走者は朝から便座ライダーだ！　セカンド・グリッドは07番〈桃色ガレージ〉。うーん、軽薄なピンクの塗装が眼に痛い！　サードグリッドは05番〈ファニー・スピード〉。昨年の優勝チームは挽回できるのか？　つづいて99番〈カキ鍋ワークス〉。鍋が美味しい季節だ！　待ってました93番〈坂本モータース〉。カブ界のゴッドハンドが伝説を見せてくれるのか！　98番〈温泉みかん軍団〉チームは、最軽量のリトルカブだが、ライダーは重量級だ！　04番〈工業大〉チームは、あえて郵政カブをセレクト。シブすぎる。もちろん色は郵政レッド！　91番〈どっかん・レーシング〉チームとのプレスカブ対決も楽しみ。燃える配達人魂だ！　97番〈レッドウィング一族〉は、ライダーの不調で下位からのスタート。86番〈爆心会〉はカブ老人会にして最年長チームだ！　87番〈バブル男塾〉チーム、本日もカブ主は反省していなーい！　最後尾は75番〈単気筒同好会〉。行灯《あんどん》カブでレースに出るとはムチャだ！　ひゃっはー！　以上の全十二台でレースを――』

実況役がハイテンションで出場チームを紹介していると、ようやく〈うなぎ屋ドリーム〉のライダーが駆け込んできた。

「急げ！　あと一分でスタートだ！」

「あれ？　あいつ、あんなに細かったか？」

「出すもん出して痩せたんだろ」

不審に思う者もいたが、すでに手遅れであった。

『全選手がそろったところで、スターターも位置につきます。おや、〈うなぎ屋ドリーム〉の林選手、足がもつれていますね。昨夜の酒が抜けていないのか？これはだいじょうぶなのか？　おっとカウント・ダウンです。10、9、8、7、6、5、4、3、2――』

スターターがフラッグを降り下ろした。

『スタァァァァァトッ！』

ライダーたちはいっせいに立ち上がった。


「むう……」

圭吾は両手を腰に据え、古武士のように端然と座したままだった。

正座で足が痺れてしまった。

四十路になって、関節が硬くなった中年の悲哀だ。身体が大きく、体重もあるだけに膝への負担も大きい。

ル・マン式の正座スタートを過去に経験しているライダーは、こまめに腰を浮かすことで両足への血流をうながしていたようだ。下痢《げり》で遅れてきたライダーも、正座対策であったのかもしれない。

義男も慣れない正座で足を痺れさせたようだが、若いだけに回復が早く、ホームストレート前に整列した自分のマシンへと駆け出していた。

それでも、ある者はコースを横切る途中で足をもつれさせて転び、ある者は立ち上がることすらできずに四つん這いですすんでいた。

圭吾は、まず膝を崩した。

ブーツの中で足の指を動かしてみる。感覚はある。立ち上がってみた。なんとか歩けそうだ。慎重に足をすすめ、もうだいじょうぶと見極めてから一気に走った。

他のカブは、すでにスタートしている。

圭吾も愛機に辿り着いた。シートに跨がって、ハンドルを握る。爪先でシフトダウンすると同時にアクセルを開けた。

追撃開始だ。

『おおっと、〈坂本モータース〉、いきなり出遅れました！　五番グリッドから最後尾へ転落うぅっ！　しかーし、スタート失敗にしては悠然としています。これも作戦なのか？　カブ界のゴッドハンドが手がけた珠玉のスーパーカブで、我々に伝説を見せてくれるのか！』

そんなわけがない。

圭吾は焦っていた。

南原家のカブ90デラックスは三速ミッション仕様だが、レースのために規定で認められた四速ミッションを搭載している。

コンッ、コンッ、コンッ、とシフトアップを三回繰り返すと、あとは前傾姿勢で少しでも風の抵抗を減らすしかなかった。

ホームストレートが終わると、R13のキツい右コーナーが待っている。すぐに左コーナーがあり、短いストレートを経て、さらに左コーナーをクリアすると、ホームストレートに次ぐ長い直線であった。

ここで〈単気筒同好会〉の行灯カブを抜いた。

次の右R20で〈バブル男塾〉チームの青いカブに追いつき、左R15で後ろにぴたりと張り付き、つづく左R13で追い抜く。

あとは、右R33、左R13、とテクニカルな連続コーナーを抜けてホームストレートへ還るのだ。

各マシンのスピード差を縮めるため、長いストレートの手前にタイヤバリアをテープでむすんだ減速ゾーンが設けられている。ここを巧みにクリアしてタイムのロスを最小限にするのが腕の見せ所だ。

減速ゾーンのスラロームを抜けたところで、〈爆心会〉スーパーカブ50カスタムと並び、じりじりと引き離していった。

二周目に突入したとき、圭吾は九位にポジションを回復していた。

「義男センパイ、がんばってー！」

父の耳が、娘の声援をキャッチした。

予選は七番グリッドであった義男は、好スタートで一気にポジションアップしたらしく、まだ後ろ姿さえ見えなかった。

「そら！　そら！　そいや！」

車体を前後に揺すったところで、スピードが上がるわけではない。

カブ90の仕上がりは完璧だが、レース車両は50ｃｃエンジンのみという規定に従って換装されているのだ。

軽量化のために外装パーツを外すことも認められていない。

ただし、ホイールベース延長は六センチまで許され、ペダル、レバー類、マフラーやリアサスペンションなどは非純正パーツが使用可能だった。

排気量が同じであれば、エンジンが絞り出す馬力にも大差はない。ウエイトの重い圭吾は、すでに大ハンデを背負っていた。

――だが、負けるわけにはいかん！

レースとはいえ、あくまでも大人の運動会であった。

勝ち負けにこだわらず、和気あいあいと好きなカブに乗ってサーキット走行を楽しむという趣旨のイベントなのだ。

だが、圭吾は真剣であった。

中年の意地もあるが、

――レースに勝ったら優香にプロポーズだ！

と心に決めていた。

喫茶店に泊まった夜のことを思い出した。柔らかく、だが無駄のない引き締まった身体だった。吐息も肌も熱く火照り、圭吾の動きに健気で敏感な反応を示し、ひさしぶりに猛《たけ》った。

待っていたの、とその身体は告白していた。

切なく——愛しかった。

レースで勝たなくともプロポーズくらいすればいい。だがしかし、こういうことは勢いが大事であった。

元妻のことは忘れて、優香との新しい人生を……。

ホームストレートの脇で、優香は梨奈と肩を並べて観戦していた。

「あっ、お父さん、一周で三台も抜いたんだ！」

梨奈は眼を丸くしていた。

義男が乗っている〈工業大〉チームのプレスカブに注目していて、スタートで脱落した父親のことなど忘れていたらしい。

波乱の幕開けだった。〈桃色ガレージ〉と〈ファニー・スピード〉と〈カキ鍋ワークス〉が激しいバトルを展開し、トップ集団に離されまいと義男が必死に追いすがっている状況だ。

ポールポジションの〈うなぎ屋ドリーム〉は、なぜかスタートで出遅れて五位にまで後退している。

「お父さん、スタートさえ失敗しなかったら、もっと前にいたのに……」

「そうね……」

優香は、わずかに頬を赤らめながら微笑んだ。

圭吾が気負っている理由を、なんとなく察しているのだ。

「ここから追い上げるのかな？」

「うーん、それは難しいかな」

優香は小首をかしげた。

圭吾が抜いた三台は、お祭りレースの賑《にぎ》やかしである。

チーム〈単気筒同好会〉のカブは一九七五年型で、ヘッドライト下のユニークなポジションランプにちなんで〈行灯カブ〉と呼ばれる人気モデルだ。わざわざ色褪《いろあ》せたブラウンに塗装され、ヒストリックなカブを自慢するために出場しているのだ。

チーム〈バブル男塾〉のカブは八七年型で、古式の風防とビジネスボックスを装着し、銀行バージョンに仕上げられていた。走り優先のカスタムではなく、人に見せて楽しむための仕様である。

チーム〈爆心会〉のカブは八六年型で、上級グレードの〈カスタム〉ではあったが、ただのノーマル仕様だ。平均年齢七十三歳の最年長チームで、耐久レースに出る体力はなく、スプリントでサーキット走行を楽しむために参加している。

だが——。

残りのチームは、それぞれにカブ改造の技術があり、本気で遊びのレースに挑む連中ばかりであったのだ。

4

「ん～？」

荒俣はテラスのフェンスから身を乗り出した。

「あれえ？　んん〜？」

細い眼をさらに細め、コース上を疾駆《しっく》する銀色のカブを睨みつける。

スタート時に、ひとりだけ遅れてきた男がいた。チーム名は憶えていないが、レーシングスーツに着慣れた感じがなく、なんか妙だなあ、と分厚い胸筋の奥に引っかかっていたのだ。

荒俣は眼がいい。

記憶力もよかった。

ヘルメットで顔はわからなかったものの、体格と走り方に見覚えがあった。

「う〜ん、まだ逆恨みしてたのかな。せっかく見逃してあげたのになあ」

残念そうに、こきり、と太い首を鳴らした。


「クソ！　あのクソが！　クソ探偵が！」

赤木智久は、ヘルメットの中で吠えたてた。

その眼に黒い炎が燃えている。

チーム〈うなぎ屋ドリーム〉のライダーに目をつけ、関係者のふりをして豚汁に下剤を混ぜたのは赤木の仕業であった。

復讐のためだ。

暴力探偵のために、すべてを失った。

ヤクザの渡世で、自分は上手くやっていたはずだ。女も金もだ。バカどもを食い物にして成り上がれるはずだった。間抜けヅラの探偵とかかわってから、なにもかもおかしくなった。

恫喝《どうかつ》は効かなかった。口封じも失敗した。情婦に裏切られた。ヤクザに厳しい時代の流れを受けて、鬼大仏と恐れられた若頭もさすがに気が弱くなっていたおかげで、組の制裁だけは免《まぬが》れた。

だが、こんなことで潰れる自分ではない。必ず巻き返してやる。その前に、どうあっても、あの探偵だけは始末したかった。

探偵がバイクの草レースに出ることは、〈シングル・カム〉という喫茶店の客筋から聞き出していた。前日からサーキットに乗り込んでいた参加者に紛《まぎ》れ、復讐の機会をうかがっていたのだ。

赤木は髭を伸ばし、髪も赤く染めていた。

帽子を深くかぶり、小汚い格好をしていれば、洒落者《しゃれもの》で通っていた自分だとは顔見知りでもわからない。荒俣を見かけたときには股下が冷えたが、やはりバレることはなかった。

探偵を殺すだけなら、いくらでも手段はある。問題は、自分の犯行だと警察に知られず、どうやって逃げ切るかだ。

そのために、手製の拳銃をレーシングスーツの懐《ふところ》にしのばせている。

——まさか、こんなときに使うとはな。

工業高校に通っていた学生のころ、小遣い稼ぎとして学校の工作機械をこっそり使って密造したものだった。

鉄パイプを切断して銃身にし、グリップは薄いステンレス板を曲げて作った。撃鉄や引き金などはない。

銃身の先から爆竹とパチンコ弾を放り込み、百円ライターのフリントを親指でまわして爆竹の導火線に着火する。拳銃とも呼べないジョークグッズだが、不良たちには秘かに売れていた。

赤木の誤算は、本当に撃つバカがいるとは思わなかったことだ。

あるバカは喧嘩で密造銃を撃とうとしたが、爆竹の不発に茫然としている隙にバットで後頭部をカチ割られた。さらに、爆竹は見事に爆発したが、銃身が破裂して指を吹き飛ばす不幸なバカもいた。

密造銃を買った不良たちは怒り狂い、製造者の赤木に責任をとらせようとして追い込みをかけた。

赤木も必死に逃げまわったが、繁華街の片隅で捕まってしまった。ボコボコにされ、倒れても四方から蹴りを浴びせられた。

このまま死ぬのかと一度は覚悟した。

そのとき、たまたま通りかかった荒俣に助けられたのだ。荒俣はハンドメイドの密造銃を面白がり、赤木は組長に引き合わされて盃《さかずき》をもらうことになった。

――ちっ、嫌なことを思い出しちまった。

赤木はレーシングスーツの前を少し開いた。空気抵抗は増えるが、拳銃を抜きやすくするためだった。

学生時代を思い出しながらこしらえた新作だ。町工場のオーナーに貸しがあり、脅して工作機械を借りたのだ。

今回はジョークグッズではない。

発砲に耐える実用品だ。

弾も本物だった。口径は七・六二ミリで、中国から密輸入されたものだ。撃発装置も組み込んだ。スプリングを使ったシンプルな構造だ。試射で弾丸が出ることは確認していた。

ただし、銃身が極端に短いせいで、どこに飛んでいくかわからなかったが、至近距離で撃てばいいだけだ。

探偵のカブに幅寄せして――ずどん！

それだけだ。

探偵に弾をブチ込めれば、もうサーキットに用はなかった。幸い、このマシンにはナンバーもついている。乗ったままコースを抜けて逃げればいい。あとは高飛びするだけだ。

「クソ探偵、どこだ？　ごらぁ！」

赤木も変則的なスタート方法にまごつき、ポールポジションから中団グループにまで大きく順位を落としている。

レースはどうでもよかったが、スタートの混雑で探偵の姿を見失った。山道で赤木の特攻を避けた腕から考えて、もっと先にいるはずだった。

アクセルを全開にする。

優勝候補のマシンだけあって、気合いの入った排気音を高らかに響かせながら、たちまち緑色のカブを抜き去った。

『――優勝候補と前評判の高い〈うなぎ屋ドリーム〉、ようやく本領発揮！　ただいま〈レッドウィング一族〉を抜いて六位にアップ！　そして、スタートでは〈どっかん・レーシング〉をパスしたものの、〈レッドウィング一族〉のライダーは、奥さんに逃げられたばかりで走りに精彩《せいさい》がありません。しかし、ご安心を。逃げられたのは三度目！　まだまだ復縁のチャンスはあります！』

5

その一方で――。

圭吾は、なかなかリズムに乗れなかった。

四周目に突入したが、前方を走る〈どっかん・レーシング〉を捕えることができなかった。

エンジンの調子は最高だ。

下から上までストレスなくまわっている。ピークパワーだけではなく、下から適度なトルクを発揮してくれた。キャブレターのセッティングもぴたりと決まって、気持ちよくフケ切っていた。

スーパーカブのエンジンは、もともと高回転を得意としている。開発時に鈴鹿サーキットでの実装で磨き抜かれ、50ccながら10000回転もまわるレーシングカー並みの出力を誇っている。

しかも、カブ界随一の名人がチューニングしているのだ。

前方の敵は九一年型のプレスカブ50で、初期の配達専用カブに敬意を表したブライトイエローに塗られている。

乗り手はライト級だ。圭吾より数十キロは軽い。重量差は大きいが、フロントに搭載された大型キャリアと新聞バッグが空気抵抗となって、圭吾のカブ90は直線で離されることはなかった。

ただ抜けないだけだ。

問題はコーナーリングだった。

圭吾は体重移動がスムーズにできていない。腰を浮かせ、もっと前後左右に動きたいのに、なぜか不自由だった。

どうにも楽しくない。

そのとき、気付いた。

これはサーキット仕様なのだ。足を乗せるステップも車体をコーナーでギリギリまで倒せるように上部へズラされている。シートも圭吾に合わせてセッティングされ、あまりにも尻が安定しすぎていた。

だから、リズムに乗りきれないのかもしれない。

「だったら……」

ヘルメットの中でつぶやいた。

——どうすれば楽しくなれる？

サーキットを走りながら、つい考え込んでしまった。

——ホンダのシングルエンジンには、イタリアン・シングルのレーサーにさえ引けをとらないロマンがある。

かつて、カブの名を冠したレーサーがあった。

名機〈カブ・レーシングCR110〉だ。

一九六二年に、世界GPレースで新設された50ccクラスを戦うためにホンダが開発したCR111をディチューンした市販レーサーだ。

小径パイプを組んだ赤いフレーム。細身のタンク。極限まで無駄を削《そ》ぎ落とした車体に搭載された50ccエンジンは、DOHC4バルブのハイスペックで12700回転から7馬力を絞り出す。

庶民の足であるスーパーカブの中では異色マシンだが、イメージアップ戦略としてカブ一族の名を冠されたのだ。

それだけでも血が滾《たぎ》る。

ちなみに、カブのネーミングは英語で〈子供の猛獣〉という意味だ。小さいエンジンでもパワフルなことに由来していた。

圭吾の思考は、いつでもシンプルだ。

ふたつの案件を同時に扱うことにはむいていない。優香へのプロポーズは、きれいに頭から消え去っていた。

五周目で、ようやく反撃の狼煙《のろし》を上げた。

——おれはミック・ドゥーハンだ！

ホンダ魂が燃え盛った。

ドゥーハンは、九〇年代に活躍したＭｏｔｏＧＰのライダーだ。何度も大怪我をしたが、そのたびに不死鳥のごとくサーキットに復活し、相棒のホンダＮＳＲ５００を駆《か》って前人未到の五連覇を達成したヒーローだった。

すぅ、と上体を立てた。

荷重は、やや後ろに下げる。

裏ストレートの途中に設けられたシケインをクリアすると、プレスカブの尻にくっついて限界までスピードを乗せていく。右Ｒ20の手前で、ブレーキを遅らせてプレスカブの左に並んだ。

圭吾のほうが外回りで不利なポジションだ。

右Ｒ20へ突入した。

プレスカブのライダーは、バイクを傾ける側へ膝を落とし、ほとんど膝頭を路面で削《けず》るようなハングオフを見せた。

圭吾の腰はシートから浮き、上体を垂直に起こしたまま、車体だけを傾けるリーンアウトを敢行《かんこう》した。

コーナーでのスピードは圭吾が乗っている。フレームが暴れ、ずりずりとリアが滑った。気にすることはない。タイヤは滑るものだ。ほんの気持ちカウンターをあてて押さえ込んだ。

右から左へ、二台のカブは車体を翻《ひるがえ》らせた。

次の左R15には、圭吾が先に飛び込んだ。

八位にポジションアップだ。

サーキット上では、さまざまなドラマが生まれていた。

『おおっと！〈うなぎ屋ドリーム〉が〈温泉みかん軍団〉を抜いて五位に！

そして……〈レッドウィング一族〉のスーパーカブ50スタンダード、ついに力尽きたようですね。ピットレーンに滑り込みました。マシントラブルではなく、精神的なトラブルかと……えっ？　……あー、あー、マジかー。えー、ただいま入った情報によりますと、我らが哀愁ライダーの離婚届けが正式に受理されたようです。パドックでは、チームメイトたちが当人を囲んで黙とうしています。ん？　いや、あれ、なにか歌っていますねえ。……ちょっ、ＪＵＪＵの「さよならの代わりに」とか歌わないでくださーい！　やめて……やめて差し上げてくださーい！』

ホームストレートを駆け抜けながら、圭吾は〈レッドウィング一族〉のピットから雄叫《おたけ》びのような号泣を聞いていた。

「うーん、嫌なものを……」

しかし、これで七位だ。

アクセルの手をゆるめずに猛然と追撃し、六周目でクリーム色のリトルカブに追いついた。

リトルカブは、一九九七年に登場したカブ界のベビーフェイスだ。タイヤをスーパーカブの十七インチから十四インチにダウンし、シート高も三センチ下げ、全長をコンパクトにまとめていた。

若者むけのオシャレなカブで、しかもレトロな味わいが年配層にも支持され、二〇一七年まで生産されたロングセラーだった。

排気量が同じならば、軽量で小回りが利くぶんサーキットでも有利なはずだ。しかも九八年型のエンジンは、排出ガス規制でパワーダウンを強《し》いられる直前の最強モデルであった。

ところが――。

『ひゃっはー！　〈坂本モータース〉が六位に浮上！　脅威的な追い上げで、中団グループを突破しました！　さすがゴッドハンド！　そして、〈温泉みかん軍団〉のリトルカブは七位にポジションダウン！　敗因はマシンではなく、ライダーのダイエット失敗でしょう！』

「すごい！　六位！」

梨奈も興奮するほどの大健闘だった。

スタート時のポジション復帰まで、あとひとつだ。

「お父さん、あんなに速かったんだ！」

優香は微笑み、うなずいた。

圭吾が速いことは昔から知っている。

ライディングに、いっさいのムダがないのだ。

速く走ろうとした結果ではない。

スピードを出そうとしてアクセルを開けない。せっかちに減速するために強くブレーキを踏まない。丁寧な体重移動で、急カーブでもタイヤを鳴らさない。シフトチェンジでは必ずエンジンの回転を合わせ、そっとペダルを踏んでギアに負担を与えなかった。

——それにしても、なんてスムーズにコーナーをまわっていくの！

速くは見えないのに、いつのまにかスピードに乗っている。ライディングの理論に興味はないくせに、それを本能的に知っているのだ。

無神経で、呆れるほど鈍感な男。

だが、ちがうのだ。

口下手な大男だから、他人からは誤解されやすいだけだった。

本当の圭吾は――。

慎重で、繊細で、臆病なほど距離感を大事にしている男の人だ。機械に対しても、人に対しても、それは同じだった。

だから、優香は――。

「そうね。このペースだと、清水くんに追いつくかもね」

「えー、やだなあ」

梨奈は可愛らしく顔をしかめたが、それでも口元はほころんでいる。父の活躍を見て、まんざらでもなさそうだ。

「いいじゃない。ふたりで優勝争いができるなんて。ねえ、どっちが勝ってもさ、梨奈ちゃん、表彰式のときはお願いね」

「嫌ですよ、レースクイーンなんて。恥ずかしい」

表彰式では、ご当地アイドルがレースクイーンになって、表彰台のウィナーと並んで記念写真を撮ることになっていた。が、ご当地アイドルは急病でこられず、レースクイーンのコスチュームだけが届いていた。

代役が急募なのである。

「でも、圭吾さん、がんばるんじゃないかな」

「それが嫌なんです」

「清水くんも張り切るんじゃない？」

「う……」

梨奈は頬を赤らめた。可愛い。

「だったら、優香さんでも――」

「ぜったいイヤ！」

真顔で拒絶した。

レースクイーンのコスチュームは、ミニスカートにヘソ丸出しである。この歳で見世物にされるのは避けたかった。

とくに、圭吾には年甲斐《としがい》もない格好を見せたくない。

昔から好きだった。

しかし、圭吾は元クラスメイトの女と結婚してしまった。

優香はしばらく茫然としていたが、高校卒業後に母が亡くなったことのほうが精神的な衝撃は大きかった。

喫茶店を継ぎ、必死に働くことで心の痛みを塗り潰した。そんな娘の姿を見て、父も無気力な状態から抜け出してくれた。

仕事にも慣れたところで、気が抜けてしまったのだろう。常連客の若手レーサーに口説かれて、ふらっと結婚してしまった。

国内レースの125ccクラスで活躍し、一時は周囲からも期待されていたが、250ccクラスに移ってからは、すっかり夫は勝利に見放された。

走りのセンスには恵まれていたが、分析や努力を鼻で嗤う男だった。速いライダーは、なにもしなくても速い。それが持論だった。

成績は低迷をつづけた。やがて、スポンサーに見放され、優香に相談もなくレーサーを引退してしまった。

それからは、バイク屋や喫茶店を手伝うわけでもなく、優香の実家で寝起きして、血色のいいゾンビのように生きていた。

働きもせず、それを恥じることもなかった。

だから、離婚した。

夫をたたき出した。

父も了承してくれた。

男はこりごりだ。それからは独身を貫《つらぬ》いてきた。

ある日、圭吾がひさしぶりに〈シングル・カム〉へやってきた。離婚したという。まだ小さな娘がいるという。

いまさらだ。胸はときめかなかった。そのはずだった。若いころの甘い想いは過去のフォルダにしまわれている。それは素敵なメモリーだったが、いまは互いに歳を重ねて泥臭い現実にまみれているのだ。

圭吾は、兄の真似をして私立探偵という名の便利屋をはじめたらしい。ハーレーは売り払い、カブ90を走らせているという。タイヤ交換で〈坂本モータース〉を訪《たず》ね、作業のあいだに喫茶店にも寄ってくれたのだ。

地元に戻ってから、長らく挨拶にすらこなかったことで、圭吾もきまりが悪そうに頭をかいていた。学生時代には無愛想で通し、一度も優香に笑いかけてくれなかった人が含羞《はにか》んで……。

その不器用な笑みを見て、また圭吾を好きになってしまったのだ。

優香は、梨奈に聞こえないようにつぶやいた。

「……ねえ、勝って……くれるの？」

きゅっ、と。

小娘のように唇を噛《か》んだ。


『――さぁて、八周目に入りましたが、快調にトップを走っていた〈桃色ガレージ〉のスーパーカブ50カスタムが、エンジンの不調で脱落！　ピットでもピンクが眼に痛い！　現在、〈ファニー・スピード〉と〈カキ鍋ワークス〉が激しい先頭争いを演じています。前回優勝チームの意地が炸裂《さくれつ》するのか？　鍋の美味しい季節が高らかに宣言されるのか？　すぐ後ろからは、若さが眩しい〈工業大〉チームと優勝候補の〈うなぎ屋ドリーム〉も迫っています！』


九周目であった。

棚ボタで三位に浮上した義男の真っ赤なプレスカブと〈うなぎ屋ドリーム〉の銀色カブが右R33の高速コーナーで競っているとき――。

圭吾のスーパーカブ90デラックスがアウトから二台同時にブチ抜いた。

6

んあっ、と赤木は声を出した。

追い抜かれて、ようやく探偵が後ろにいたのだと気付いた。

「ふ……ざけんな！」

眼を血走らせて赤木は吠えたてた。

さっきまで三位争いをしていた赤いカブは、高速コーナーの出口で思いっきり幅寄せしてやると、衝突を恐れて減速した。

アクセルを全開にした。

エンジンが小さな雷《かみなり》のようにうなった。原付にしてはよく走る。低回転は苛立つほど遅いが、まわせば元気に弾み、なぜか気分が昂揚してくる。

それでも、圭吾のカブは速かった。ストレートでは追いつけるが、コーナーになるとスルスルと離されてしまうのだ。

――もういい。次のコーナーでケリだ。

追い抜く必要はなかった。

圭吾を追走しながら、赤木は手製の拳銃を懐から引き抜いた。これだけ近ければ狙いなどつけなくてもいい。

――死ね！

圭吾がダイナミックに車体を寝かせた。カーブに突入したのだ。かまわねえ。数秒だけ接近できればよかった。

赤木はブレーキを遅らせた。片手運転も不味《まず》かった。圭吾と同じスピードで曲がりきれるはずもなく、発砲する前に車体が暴れ狂った。曲がれない。ブレーキを踏みすぎてリアが派手に滑った。

赤木のカブは、転がるようにコースアウトした。なす術《すべ》もない無力さに思考を凍りつかせながら天地が引っ繰り返る。左手はハンドルにしがみつき、右手の指が引き金を引いてしまった。

鋭い反動を手首に感じた。

銃声はサーキット中にまき散らされている排気音に紛《まぎ》れて消えた。

澄んだ青空がひろがっている。

転倒の衝撃で外れてしまったのか、それとも誰かが外してくれたのか、ヘルメットはどこかに消えていた。

「――やあ、赤木くん」

気絶から覚めると、福々《ふくぶく》しい巨顔が見下ろしていた。

赤木はコースの外で倒れているのだ。

仰向けに寝転んでいた。

身体が動かない。深く息を吸うと背中が痛んだ。それでも、運がよかったのか、骨だけは折れてはいないようだった。

「まぁだ、こんなところにいたの？　もしかして、まだ逆転の切り札があるとか信じてた？　でもね、君がうちの組に黙って後ろ盾にしてた西の大手組織ね、あれ、近いうちに解散なんだってさ。知らなかった？」

「わ、若頭……」

赤木の顔に死相が浮かんだ。

組が許さなかった外道《げどう》のシノギに手を出したのは、露見しても逃げ込む先を確保していたからだ。相手は全国レベルの大組織だ。田舎の独立系ヤクザなどゴミのようなものだった。

しかし、若頭は、なにもかも見通していた。

大仏フェイスはポーカーフェイスに最適だ。歳をとって、荒事から遠ざかって、骨抜きになったと思わせておいて、その裏に鋭利な頭脳を隠していた。荒事だけの愚鈍なヤクザではなかったのだ。

——銃は……。

まだ赤木の右手に握られていた。

だが、指が固まって開かない。どちらにしろ、この窮地を脱する役には立たないだろう。装塡《そうてん》できる弾は一発だけなのだ。

うふ、と若頭は笑った。

「ずいぶん懐かしいものを引っ張り出してきたねえ。学生の稚拙《ちせつ》な工作レベルだけど、妙に仕上げが丁寧でね、ぼくは感心してたんだよね。もしかしたら、そっち方面で更生できる子かなって期待して、組にも入れたんだけど」

赤木は息を呑んだ。

いまにして思えば、この稚拙な密造銃だけが、この自分の手で、このロクでもない人生の中で生み出せた唯一のものだった。

悔《くや》し涙が、赤木の眼からあふれた。

バカだった。気付かなかった。未来の可能性を、その小さな芽を、自分自身で台無しにしていたのだ。

「でも、君はさ、見栄が張りたくて、楽をしたいからヤクザになったんだよね。だから、外道になっちゃった。そのツケは払わなくちゃ……ね?」

拳銃を握った手に、若頭は優しく大きな手を重ねた。

赤木の手首を摑み――凄まじい握力で骨を握り砕いた。

情けなく悲鳴を放った。

四肢《しし》が痙攣《けいれん》し、その手が開いて拳銃がこぼれ落ちた。

7

後ろの銀色カブが派手にコースアウトした。

——怪我《けが》がなけりゃいいが……。

圭吾も安否が気になったが、たいしたスピードで転んだわけでもなく、マシンの下敷きにもならなかったようだ。

レース中断のアナウンスはなかった。

コース上はクリアなのだろう。

ただ、銀色カブがコースアウトしたとき、なにかが圭吾のカブにも飛んできたようだ。パーツの欠片か、それとも小石でも飛ばされたのか。神経を鋭く刺す嫌な音が聞こえた。

しかし、カブ90は快調そのものだ。

——さすが、優香のオヤジさんだ。

特別なパーツは使っていなかった。タイのレースで磨き抜かれたハイブリッドサスペンションにしても、それほど高価ではない。

マフラーだけは、昔風のモナカ張りマフラーを模した〈頑固オヤジこだわりの逸品〉式ハンドメイドであった。

鋼管フレームは元のパーツを再利用できたが、二枚のプレス板を張り合わせた車体後部のボディは、事故でリサイクル不能なほど変形していたため、義男がスチール板から手作業で整形してくれたのだ。

――でも、オヤジさん、こりゃもうカブじゃねえや。

圭吾は口の端を吊り上げた。

名人が長年のノウハウを注ぎ込み、スーパーカブ以上のスーパーカブに仕上げてしまった。同じカブなのに、不思議なものだ。これは自分のカブではない。圭吾のカブではなかった。

――じゃあ、おれのカブって、なんだ？

工場から出荷されたときは、大量生産の平凡な実用バイクだった。バイクは乗り手とともに育っていくものだ。

車庫の片隅で朽《く》ちていくにしろ、大切に保管されるにしろ――。

それぞれが唯一無二のカブとなる。

そして、カブは〈人生〉となるのだ。

圭吾は、先頭の二チームにひたひたと忍び寄った。

『——息の詰まるようなトップ争い！　まさにドッグファイト！　十週目のホームストレートで〈ファニー・スピード〉リトルカブのスリップストリームについた〈カキ鍋ワークス〉の白カブが抜いたかと思えば、裏ストレートのあとにつづく連続コーナーでオレンジ色のリトルカブが抜き返しました！　熱い！　熱いバトルを見せてくれます！　二台は重なるように最終コーナーを抜け、減速ゾーンのシケインを鮮やかにクリアしました。さあ、長いホームストレートで白カブが……あっ、ああっ！　接触です！』

その隙を見逃す圭吾ではなかった。

白カブはスリップストリームにつくと思いきや、驚異的な加速を見せてリトルカブに並びかけた。二台は同時にシフトアップ。が、それぞれ最短の走路を目指して接触し、互いに弾かれてしまった。

すぐに体勢を立て直したが、二台のスピードは落ちた。

そのあいだを、圭吾のカブはぶち抜いた。

すでにギアはトップに入っている。〈坂本モータース〉渾身《こんしん》のチューニング・エンジンが一気に吹き上がった。

『やや っ！　やってくれました！　〈坂本モータース〉、最後尾からスタートして、ついにトップへ躍り出ました！　ひゃっはー！』

カブ90は翔《と》ぶように疾走する。

あとはゴールまで駆け抜けるだけだ。

圭吾は、レースのことなど考えていなかった。無心だ。ただ走りたかった。どこまでもカブで走っていたかった。

まるで昔に戻ったようだった。

若いころに――青春時代に――。

ちがう。そうではなかった。

機械は若返っても、人の時間は戻らない。

戻るはずがなかった。

別れた妻は――。

郁栄は大学に通いながらマンガを描いて投稿し、圭吾と再会したときにはマイナーなマンガ雑誌でデビューを果たしていた。

ところが、そこから郁栄の苦しみははじまったのだ。

読者の人気が出なかったからだ。担当編集者のアドバイスを受けて、さまざまなストーリーに挑戦した。

それでもダメだった。

面白いものを描きたいだけなのに、なにが面白いのかわからなくなり、郁栄は自分のマンガを見失ってしまった。

圭吾には、その苦しみがわからない。

わからないことが哀しかった。

郁栄はマンガが描けなくなった。

郁栄は痩せ細った。

郁栄は毎日のように泣いた。嗚咽《おえつ》した。夜中に奇声を発し、圭吾に殴りかかって暴れることもあった。

だから、郁栄を地元に連れて帰った。

そして、郁栄と結婚した。

だが、せっかく夫婦になれて、子供までいて、なぜ離婚することになったのか、いまだに圭吾はわかっていなかった。

――あなたは行間が読めない人だから……。

別れ際《ぎわ》の台詞だが、圭吾に理解できるはずもない。

マンガ家として、再チャレンジするために家族が邪魔《じゃま》だったのだろう。

そう納得するしかなかった。

書店に勤める知人から、郁栄は青年マンガの雑誌で活躍中だと聞いている。あれから描けるようになったのだ。まだ描きつづけているのだ。

ザ・パワー・オブ・ドリームズ。

夢見る力。

「……どうでもいいさ」

過ぎ去った時間はクソと同じだ。

人生、垂れ流してナンボじゃねえか。臭いは残っても、いつかは風が吹き流してくれる。それでいいじゃねえか……。

それが生きつづけるってことだ。

結局、おれは何者になれた？

夫になった。いいじゃないか。

父親になった。いいじゃないか。

探偵になった。悪くはない。

もういい。

考えるな。

ラスト一周だ。

最後のカーブを曲がり、減速ゾーンのシケインも通過した。

ゴールは目前だ。

アクセルを思いっきり開いた。

前輪が暴れた。なにかが折れたらしい。真っすぐに走れなくなった。フロントのブレーキも利かない。タイヤに激しい異音。前輪がロックし、あれほど快走していた圭吾のカブ90は……。

『おおっと！　優勝目前だった〈坂本モータース〉、ゴールの三〇メートル手前でストップ！　痛恨のリタイア！　その横を〈カキ鍋ワークス〉と〈ファニー・スピード〉が——スプリント部門の優勝チームは、ダークホースの〈カキ鍋ワークス〉です！　二位は鼻の差で〈ファニー・スピード〉！　〈工業大〉チームも三位でゴールを通過しました！　十二台中、なんと四台がリタイアという大荒れのレース展開でした！』

コース端のバリアフェンスにキスして停まった。
圭吾はヘルメットを外し、深く落ち込んだ。
——この四十一年間……人として成長できた気がしない。
レース中に熱くなり、頭の中を空にしすぎた。表彰後、優香にプロポーズするつもりだったが、最高の瞬間を逃してしまった。

――おれが、もっと優しく乗っていれば、最後まで走り切れたのかもしれない。長年の相棒だったんだ。ちゃんと気をつけてれば……。

後悔したところで、時は戻らない。が、中年の特権は、人生の苦味さえ、しみじみと味わい尽くせることにあった。

「圭吾さん！　け、怪我はないの？」

「ああ……だいじょうぶだ」

コントロールセンターの前で観戦していた優香と梨奈が、傷心でカブから降りられない圭吾のもとへ駆け寄ってきた。

「お父さん、すごかったよ！　かっこよかった！　だから、落ち込まないでよ。カブなんて、また直せばいいんだから」

「……そうだな」

圭吾はうなずいた。

カブ90はフロントフォークの金属カバーが外れ、前輪のスポークに食い込んでズタズタになっていた。

ブレーキ周辺も巻き込んで、ひどい有様だ。整備不良だとは思えない。当て逃げされたときに無事だった数少ない外装パーツだから、金属疲労を起こしていたのかもしれないが……。

見た目ほど、たいしたダメージではないようだ。

「そうか。梨奈が修理を手伝ってくれるのか」

「うん。義男先輩を手伝って、あたしも修理してあげるからね」

「お、おう……」

娘の笑顔を見て、喜んでいいのか、嫉妬していいのか——父の懊悩はいや増すばかりだった。

「優香！」

「え？　あ、はい！」

「いきなりで、なにいってんだと思うだろうけど……」

「はい……」

優香の瞳が輝いた。

「次回のスプリントレースまで待ってくれ」

「……バカっ」

怒った優香は、眉を吊り上げて平手打ちするふりをした。

圭吾は反射的に眼を閉じてしまった。

「ん？　んん？」

いきなり唇に柔らかな感触。

キスをされたのだ。

驚いて眼を開けると——。

優香は、バリアフェンスから身を乗り出して、

「ほんと、バカね……」

と、あどけない小娘のように笑っていた。

あとがき

このたびは『カブ探』を手にとっていただき、あるいはお買い上げいただき、まことにありがとうございます。おっさんと愛娘とみんな大好きスーパーカブの物語でございます。

小説書きとなってから、これまでは時代小説を主戦場にしてきましたが、今回は初の現代モノとなりました。

さて、カブのこと。おれとカブの話です。

初めてスーパーカブに乗ったのは金沢での大学時代。先輩のカブをちょい乗りさせてもらったのです。自動遠心クラッチの操作に戸惑《とまど》った記憶があり、当時の仕様だと、トップ三速からいきなり一速に繋がることもあって、がくんっ、と前につんのめることも……とても怖かった。

じつはカブ本体より、そのエンジンとの出会いが先でした。

まだ実家で暮らしていたときです。愛知県のT市。大学受験にしくじった揚句、夏季のバイトに精を出していました。そのバイト代で買ったのがホンダ・ジャズ。アメリカンタイプの原付バイクでした。カブと同じ単気筒横置きエンジン。原付とは思えないクルーザースタイルに一目惚れでした。ティアドロップ型の燃料タンクに六リッターも入り、満タンにすれば三〇〇キロのロングツーリングも可能でした。大学の帰省で愛知と金沢を往復し、大阪や東京にもツーリングしました。重い車体を健気に引っぱってくれる50ｃｃ単気筒エンジンを励ましながら狭い山道を越え、軽井沢を横目に眺めながら通過し、日本海から吹く冷たい風に震えながら、ひたすら金沢の下宿を目指したのもいい想い出です。やがて、富山県で就職し、軽自動車と同時所有で十年ほど乗っていましたが、トラブルらしいトラブルは記憶になく、絶大な信頼感を植え付けてくれました。

しかし、転職して東京へと進出し、そのときにジャズを手放してから、四十代の半《なか》ばで実家に戻るまでバイクとは無縁の生活でした。

東京とは異なり、地方では車やバイクがないと不便。とはいえ、車を所有する経済力はない。が、駐車スペースだけはある。そこで、ひさしぶりにバイクを買おうと決意しました。イェイ、リターンライダー。

ところが、手に入れたのはホンダのレブル250。ジャズの想い出もあり、若いころに所有できなかった憧れのアメリカンタイプだったからです。新型レブルではなく、二十五年落ちの旧型バイク。でも二年ほど乗って、電気系パーツが壊れたのを機に、いよいよスーパーカブ110へと乗り換えました。

さあ、カブ主ライフのはじまりです。

若いころには、ただの実用バイクとしか思っていなかったスーパーカブへの認識を劇的に改めたのは、東京時代に近所でレッグシールドを外した古いカブを見かけたことがきっかけでした。

おおっ、なんだこれ！　あの野暮なレッグシールドを外しただけで、こんなにカッコイイのか！　いや、待て。よく見れば、マフラーはショートタイプで、キャブレターの先にイカしたエアクリーナーが装着され、ゴツい荷台も外されてロングシートに換装されていました。カスタムといっても、たいそうなシロモノではない。でも、フレーム構造が剝き出しの、そのプリミティブな機能美に見蕩《みと》れて、不審者と思われかねないほど凝視していました。

帰ってネットを検索してみれば、うはは、出てくる出てくる。あれもカブ、これもカブ、それもカブ。日本中で、世界中で、新旧のスーパカブを改造して楽しんでいる人々がいる。こりゃ、たまらん世界だわい、と。

そもそも、ジャズと同型のエンジンには頼りになるイメージしかない。頑丈で燃費もいい。110ccながら、まったり長距離のツーリングなら一リッターあたり七〇キロを記録したこともあります。歳とともにクラッチ操作が面倒臭くなり、でもギアチェンジは楽しみたいという贅沢な要求にもこたえてくれる。いいじゃん。移動の足だったら、これで充分。

そして、四年ほど前に、めでたくカブ主となりました。

当時、スーパーカブ110の最新型は、JA10という中国生産モデル。長年酷使されてボロくなったカブを安く入手し、自分の好みにイジり倒すのがカブ趣味の醍醐味ではありますが……この歳になるとね、出先でのトラブルは辛いのよ。もはや若くはないのですよ。最新モデルであればトラブルの心配も少なく、気楽さこそが最大の性能でもあるのだ。

カブ関連の改造パーツは種類が多く、値段も安い。徹底的にカスタムすると軽自動車が買えるほどの金額になりますが、オーナーの懐《ふところ》具合にあわせて楽しめるのもカブのいいところ。

ほい、ウインドシールドとナックルガード。ほいほい、荷台にはリアボックスを追加。うぇーい、リアサスペンションとスプロケットを交換。ちょっとだけパワーが欲しいから、クラシックなダウンマフラーと効率のいいエアクリＢＯＸ。ほれ、ついでにビッグスロットルボディに換装。シートとステップはクロスカブのものに付け替え、バックミラーは丸型じゃい。シフトインジケーターもつけて……あらら、気がつくと、けっこうお金が……。

自制心のブレーキは大事。とても大事。

ＪＡ10の車重は、百キロに満たない。同クラスのスクーターと比べても軽量。がちゃがちゃギアチェンジを繰り返し、限られた馬力を最大限に活かして小気味よく走る面白さもありますが、じつは低速でトロトロ流しても、なんとも表現し難い楽しさを味わえます。他の車やバイクが走っていない土手道や、田んぼの畦《あぜ》道《みち》なんかを気楽に流しているときが一番楽しいかもしれない。さらには実用性の塊。荷台に米袋だって積めるぜ！　灯油のポリタンクも楽勝さ！

カブ主になってから、何度か関東までツーリングを敢行しました。高速道路は乗れないので下道のみですが、意外と遠乗りでも疲れない。そして、なぜかカブ乗りは山中のコンビニで地元民に話しかけられたりする。いかにもツーリング中といったスタイルで、いろいろ荷物を積んでいたせいかもしれませんが。

現代はスマホの地図アプリでナビゲートしてもらえるし、全国にあるネットカフェで一泊できて便利な時代になりました。若いころより体力はずんと落ちていますが、まだまだイケるぜなんて気分にもなってきます。

そんなこんなでカブ主ライフを満喫していると、某編集者さんから「それほど好きなら、カブの小説で一本」と企画を持ちかけていただき、こうして上梓までこぎつけることができました。

趣味が実益につながり、ますます楽しいカブ主ライフです。

カブのイジり熱は、ひとまず治まっているのですが、ＪＡ10の角目ライトが好きではないので、そこはいつかカスタムしたい。丸がいいのだ。人生も丸く生きたいのです。ハンドルやメーターやプラスチックのカバー類はそのままで、ライトまわりだけ改造したい。ほら、ねえ、そうするとさ、ちょっとだけベスパっぽい仕上がりになるかな、と。

嗚呼、〈少年の夢〉は膨らむばかりでございます――。

二〇二〇年一二月

この作品は徳間文庫のために書下されました。
なお、本作品はフィクションであり実在の個人・団体などとは一切関係がありません。

徳間文庫

カブ探《たん》

2021年1月15日　初刷

著　者　新《にい》美《み》健《けん》

発行者　小宮英行

発行所　株式会社徳間書店

東京都品川区上大崎三—一—一　〒141—8202
目黒セントラルスクエア

電話　編集〇三(五四〇三)四三四九
　　　販売〇四九(二九三)五五二一

振替　〇〇一四〇—〇—四四三九二

印刷
製本　大日本印刷株式会社

ISBN978-4-19-894608-1